R.O.D
READ OR DIE
YOMIKO READMAN "THE PAPER"
イラスト/羽音たらく
第九巻

スーパーダッシュ

R.O.D
READ OR DIE
YOMIKO READMAN"THE PAPER"

—第九巻—

倉田英之

スタジオオルフェ

集英社スーパーダッシュ文庫

R.O.D　第九巻
CONTENTS

スーパーダッシュ

R.O.D人物紹介

読子・リードマン

大英図書館特殊工作部のエージェント。紙を自在に操る"ザ・ペーパー"。無類の本好きで、普段は非常勤講師の顔を持つ。日英ハーフの25歳。

菫川ねねね

現役女子高生にして売れっ子作家。狂信的なファンに誘拐されたところを読子に救われる。好奇心からか、現在は逆に読子につきまとっている。

ジョーカー

特殊工作部をとりしきる読子の上司。計画の立案、遂行の段取りを組む中間管理職。人当たりはいいが、心底いい人というわけでもないらしい。

五鎮姉妹

左から静、帆、薇、琳、茜。文鎮を特化させた武器を操り、チャイナを護る五つ子の姉妹。

ウェンディ・イアハート

大英図書館特殊工作部のスタッフ見習い。持ち前の元気と素直さで、仕事と性格の悪い上司に立ち向かう。

チャイナ(おばあちゃん)

読仙社の首領、謎多き少女。その過去には、ジェントルメンとなんらかの関係があったらしい。

ナンシー・幕張

ジョーカーの指令を受け、読仙社の潜入調査を行っているエージェント。コードネームは"ミス・ディープ"。

イラストレーション／羽音たらく

R.O.D
READ OR DIE
YOMIKO READMAN"THE PAPER"

——第九巻——

プロローグ

全員、並べ！

キサマら！ キサマらは俺が今まで見た中で最低の生命体だ！　こうして見渡しただけでも、どいつもこいつもクソの匂《にお》いがぷんぷんと漂《ただよ》っている！　全員、母親の股《また》ぐらからひねり出されてから、ロクな本を読んでこなかったことが一目瞭然《いちもくりょうぜん》だ！

正直、そんなキサマらを俺の誇らしい特殊工作部に立たせているだけでも虫酸《むしず》が走る！　キサマらは湿気の多い屋根裏に一〇〇年放置され、カビと埃《ほこり》にまみれて腐《くさ》りきった古雑誌の間で蠢《うごめ》く虫だ！　知的労働を放棄《ほうき》した単細胞生物の排泄物《はいせつぶつ》が食事だ！　キサマらには本を読む資格は無い！　この世界のどんな本も、キサマらのためには存在していない！　キサマらは自ら剝《は》いだ生皮を紙代わりに、漏《も》らした小便をインクにして遺書《いしょ》をしたためるがいい！　俺が許可できる執筆活動はそこまでだ！

口を開くな！　息をするな！　物欲しそうに本を見るな！　キサマら一〇〇〇人の命は、稀《き》覯本《こうぼん》の一ページよりも価値が無い！　稀覯本は人類に叡智《えいち》をもたらすが、キサマらは酸素を消費するだけだ！

　キサマらができることは深夜隠れてマスをかくことと、そのみすぼらしい命をせめて本のために差し出すことだけだ！　全員、今までしてきた読書は忘れろ！　ここで俺がキサマらに叩き込むのは、まったく新しい本への接し方だ！　本は読むものではない、愛するものだ！　心の一冊に名前をつけて、寝床《ねどこ》に持ち込んで一晩中可愛《かわい》がってやれ！　本は開くものではない、自分こそが包むものだ！　一字一句、目次、奥付《おくづけ》の一文字まで知り尽《つ》くしてやれ！　そうして初めて、キサマらは本を理解することができる！　その濁《にご》った脳味噌《のうみそ》でできる最良の方法だ！

　本を抱き、本に恋をしろ！　生身の女などに目をくれてるヒマはない！　紙とインクと一体になれ！　全ての快楽は既に、偉大なる先人たちの手によって、書物の中に記されている！　キサマらは、そのクズのような命が尽きる前に、それを理解しなければならない！　そうすれば、キサマらは強靭《きょうじん》な叡智の戦士に生まれ変わることができる！

　我々は本のために生き、本のために殉《じゅん》じる兵隊だ！

　瞬きをするな！　呼吸など不要だ！　命の雫《しずく》の一滴まで本にぶちまけろ！　この世に本以上のものなど存在しない！

　全員、俺に続け！　〝この世に本以上のものなど存在しない！〟

　この世に、本に勝《まさ》る快楽など、無い！

　本がすべてだ！

都内にある、某《ぼう》ホテルである。

八階建てで、部屋数は一〇〇を少し越えるぐらいか。まあ、利用するには手頃なホテルといえる。

会社にも近いので、飯塚《いいづか》のみならず同僚《どうりょう》もよく、ここを使っている。

なにに使うのか？

出版社の社員がホテルを利用する目的は一つしかない。ないとは言い切れないが、大抵はこれだ。作家のカンヅメである。

荘栄《しょうえい》出版、ノベルス編集部の若手編集者、飯塚は弁当に缶ビールに幾種かのツマミが入った袋を下げて、ロビーに入った。

目指すは八階、最上階に借りている部屋だ。目下《もっか》そこでは、彼が担当する作家、筆村嵐《ふでむらあらし》が新作を執筆中なのである。

このようにホテルや旅館、あるいは施設などの一室に作家を閉じこめ、原稿を書かせることを〝カンヅメ〟という。

その間、世話をすることが編集の仕事の一つなのだ。

中国から帰国した筆村は、頼んでもいない新作のプロットを持っていた。

出す本出す本みな返品、という彼の新作など、本来なら新刊会議の俎上《そじょう》にも上らないはずだったのだが、新米《しんまい》社長の独断で、それは出版される運びとなってしまった。

かくして、飯塚は筆村の世話をすることになったのだ。

やけに重く感じる袋を持って、ロビーを横切ろうとすると、

「お客様」

フロントから声がかけられた。

これ以上ない、というぐらい神妙な顔をして、ホテルマンが自分を見ていた。ロビーに、他に人影はない。自分が呼ばれたのだ。

「811号室のお客様の、ご関係者でいらっしゃいますね?」

その敬語の使い方はどうなのか、と思わず編集の頭が働いたが、ホテルマンの顔が真剣そのものだったので、口には出さなかった。

「そうですが、なにか……?」

つられて、つい自分の口も神妙になってしまう。

問いかけながらも、その時点でもう見当はついている。筆村がなにをやったのか。部屋備え付けのテレビを引き外して窓から捨てたか、力まかせに蛇口《じゃぐち》をネジ切ったか、床をぶち抜いたか、壁を叩き壊したか、屋根を剝《は》がしたか……。

「……まことに恐縮ですが、お隣のお客様からご質問が来ております。隣の人は、猛獣を連れ込んでいるのではないかと……」

「猛獣？」

「……夜になると、窓ガラスが震えるような雄叫《おたけ》びが聞こえるということで……」

つい、苦笑が漏《も》れた。書きながら奇声をあげるのは、筆村の癖《くせ》なのだ。

「一応、お伺《うかが》いさせていただきたいのですが……」

ホテルマンが眉《まゆ》をひそめて、訊《き》いた。

「猛獣じゃ、ありませんよねぇ？」

幾分くだけた口調に、飯塚は笑顔で返した。

「もちろんですよ。……それよりもっと、恐ろしいものです」


８１１号室。

ドアをノックすると、その音を聞いてか、カチャ、と隣の８１０号室のドアが開いた。気づかれないように、とかすかに開けられたのだが、ロビーで話を聞いていた飯塚にとっては、予測できた反応だった。

疲れた中年男の顔がドアの隙間《すきま》から覗《のぞ》き、飯塚を見てすぐに引っ込んだ。文句の一つも言われるか、と思ったが拍子《ひょうし》抜《ぬ》けである。

隣人の過剰《かじょう》な反応に比べて、８１１号室の主は返事もしない。もう一度、やや強く叩いてみる。……やはり反応はない。

留守《るす》か、と思ったが、毎日この時間に飯塚が来ることを、筆村は知っているはずだ。だからといっておとなしく待っている性格でもないのだが、なにしろ彼は金を持っていない。外に出ても、やることがないのである。

「…………………」

飯塚はしばらく考えて、袋から缶ビールを取り出した。

ドアの間近で構えて、プルトップを押し込む。

ぷし、と空気が漏《も》れる音を伴《ともな》って、泡《あわ》が缶の口にあふれた。と同時に、部屋の内側から勢いよく、ドアが開けられた。

「ようっ！」

猛獣じみた笑顔で、筆村嵐が顔を突きだしてきた。

「ノックしたんですよ、聞こえなかったんですか？」

「悪いな。ちっと書くほうに気ぃ入っちまってな」

それでいて、缶ビールの音に反応するとはいい性格である。

部屋の中は、ゴミでいっぱいだ。食品の袋やビール缶なども見えるが、その大半は紙だ。原稿用紙と、メモの類《たぐい》が床を覆《おお》うように散らばっていた。毎日、飯塚が片づけているのだが、どうすれば一日でこれほど散らかすことができるのか。

寝台の脇に、巨大な筆が立てかけられている。

これは、筆村が中国から持ち帰ったものだ。長さはそう、二メートルはある。一度、

「なんに使うんですか？」

と聞いてはみたが、

「企業秘密だ」

とはぐらかされてしまった。

「……で、進んでますか？　原稿は」

「おう、どうやらな」

筆村は缶ビールを手にとり、一秒と経たない間に飲み干した。飲む、というより〝吸い込む〟といったほうが相応《ふさわ》しい行為だった。この男、なにからなにまで豪快、かつ大雑把《おおざっぱ》なのである。

「……社長が、続きを読みたがってるんです。できたぶんをお預かりしても？」

「おう。好きに持ってけ」

筆村は、顎《あご》をしゃくって部屋の中を指した。散乱している紙の中に、完成原稿がまぎれているのである。

飯塚はため息をつきながら、部屋の掃除《そうじ》を兼ねた原稿回収を始めた。同じ原稿用紙でも、途中まで書きかけて放り出してあったり、ペンでぐじゃぐじゃと取り消しの斜線が書き込まれて

いるのは、没原稿《ぼつげんこう》である。

とはいえ、完成原稿のほうも外観的には大差がない。独特の歪《ゆが》んだ文字が踊るように書き連ねられて、見ようによっては前衛絵画の域まで達している紙面だ。

「タイトルだがよ、『魅惑のスットコエンペラー！　炸裂《さくれつ》チャイナパワー』ってのは、どうだ？」

「……その件は、原稿が完成してから話しませんか？　『年増《としま》でゴー！　中華の夜に夢みチャイナ！』は営業に却下《きゃっか》されましたから」

嘘《うそ》である。営業の社員には知らせるまでもない。そんなタイトルが通るようでは、荘栄出版はオシマイだ。

「そっか。まあ、タイトルは重要だからなぁ」

やけに物わかりがよさそうに、ビールを次々と空《あ》けていく。よく酒飲みは「ビールなんか水代わりだ」と言うが、筆村にとっては空気に等しいのかもしれない。

「……先生、なんだか上機嫌ですね」

「そうか？　……今回は結構ノッて書けてるからな。そのせいかもな」

飯塚は、集めた原稿に目を落とした。そういえば、自分はまだこの作品を読んでいない。どうせ読むのは苦痛なのだ。なら、完成してから一回ですませよう、と思っていたのである。編集としても全体像が見えないとリテイクが出しにくいし、……そもそも、リテイクなど受け付ける性格に思えないのだ。

しかしこの時、飯塚は、どこかいつもと違う筆村の反応が気になった。

「……先生。昨日までの、集めといた原稿って、どこですか？」

「どこだったかな。……ああ、フロ場の棚《たな》だ」

「なんでそんなトコにあるんですか」

「フロ入りながら読み返そうと思って、そのまま寝ちまったんだよ」

飯塚はバスルームに入って、湿気ですっかり皺《しわ》になった原稿を回収してきた。これほど、原稿に無頓着《むとんちゃく》な作家も他に知らない。だいたい彼が担当する他の作家は、もう全員原稿はパソコンかワープロで書いている。

外観以上に重い原稿をどうにかまとめる。前半部分は中国からの帰途《きと》で書いたため、紙の大きさも種類もまちまちだ。

「ちょっと、読ませてもらいますよ」

「おう？」

飯塚の言葉に、筆村が意外そうな表情を作る。だが、彼よりも意外に思っているのは飯塚本人だ。進んで筆村の原稿を読もうなどとは、今までに無かった感情だ。

「…………………」

何時間ほど経ったろうか。飯塚は、ようやく筆村が今書きあげている場面までを読了《どくりょう》し、原稿から顔を上げた。

ぽっかりと、口が開いていた。

信じられない。が、面白いのだ。

「先生！　どっか悪いんですか!?　おもしろいですよ！」

思わず口走ってしまい、次に自分の言葉が決して賛辞になっていないことに気づいて、血の気《け》が引いた。

しかし幸いにも、筆村は寝台で大の字になり、高イビキをあげて眠っていた。

「……………………」

安堵《あんど》の息が漏《も》れる。なるほど、このイビキだけでも猛獣の唸《うな》り声に近い。隣人が疑うのも、無理はない話だ。

それにしても。

自分はこのイビキに気づかないほど、小説に没頭《ぼっとう》していたのか。そのことに気づくと、改めて不思議に思う。

文体はいつもの筆村文体だ。悪筆にも変わりはない。なのになぜ、これほどのめりこんでしまったのか？　よく見ると、例の筆の胴体には無数の傷がついている。筆村に、中国でなにがあったのか？

飯塚は、作家というより荒武者《あらむしゃ》、山賊《さんぞく》といった風体《ふうてい》の筆村をしげしげと見つめて、ぽつりとつぶやいた。

「…………………………先生の本が面白いなんて……明日は雪か、嵐か？」

窓の外を見る。夕暮れの穏やかな空には、不吉な兆《きざ》しなどまったくない。

それでも飯塚の心の底には、違和感がしつこくこびりついていた。

「……まさか、世界の終わりが近づいてるんじゃないかなぁ……？」

第一章『あばれ紳士、大陸を往《ゆ》く』

中国大陸の奥、長江《ちょうこう》から少し入った支流――。

少し、といってもあくまで大陸のスケール、一〇〇キロ単位の話だが。

川にそそり立つ断崖《だんがい》、木々の彩《いろど》る悠然《ゆうぜん》とした景観の中に、読仙社《どくせんしゃ》はある。

それはまもなく、〝あった〟と過去形に変わる。

図書館の崩壊《ほうかい》、紙の流出、そしておばあちゃん――チャイナの誘拐《ゆうかい》と、読仙社は突如《とつじょ》発生した事態に騒然とした。情報が錯綜《さくそう》し、事態の収拾《しゅうしゅう》に困惑して、スタッフは右に左にと走り回った。

チャイナがさらわれた以上、指揮《しき》を執《と》るに相応《ふさわ》しいのは四天王《してんのう》の二人、王炎《おうえん》と凱歌《がいこー》であるが、凱歌は特殊任務で不在だった。王炎は最低限の復旧手順を指示して、自らは騒動の元凶《げんきょう》である男を追った。ファウストだ。彼に対峙《たいじ》できるのは、自分しかいないと考えての判断である。

かくして読仙社は、事件発生から半日以上の時間を経て、ようやく静けさを取り戻しつつあった。時刻はもう、午前五時になろうとしている。夜明け前だ。

書庫の被害調査、通路や内部施設の簡単な清掃《せいそう》も一段落し、スタッフもやっと自分が疲労していることに気づき始める。

しかし誰も、事態が結局どうなったかを把握《はあく》していない。

チャイナはもちろん、王炎の姿も見えないし、あの騒々しい五鎮《ごっちん》姉妹の姿も無い。

広大な敷地内に散らばっていたスタッフたちは、チャイナの居城である屋敷の周りをうろつきながら、デマとも真実ともわからない噂《うわさ》に耳を傾けた。

特に不安な顔をしているのは、保安部の面々だった。

読子《よみこ》が脱出の際に行った破壊活動で、周辺に広く、紙が散らばった。その様子が衛星写真で捉えられたことは、想像に難くない。いつ攻撃がくるかもわからないのだ。

当施設を捨て、支部に移動するか？

保安部のスタッフだけでそんな提案も出てきたが、せめて王炎クラスのスタッフでないと、決定することはできない。いや、非常時なればこその決断はできるが、後日責任を追及されることを考えると、皆が及び腰になってしまうのだ。

「攻撃するんなら、もうしてるさ。それが無いってことは、見つからなかったんだ」

深夜になって、誰かが言い始めた楽観論は、じわじわとその勢力を増しつつあった。

「おばあちゃんにしろ、王炎様にしろ、お戻りになられるのを待ったほうがいい。置いていくわけにはいかないだろう」

誘拐《ゆうかい》されたとはいえ、チャイナの身を案じる者は少ない。彼らは自分たちの頭首こそ世界最強の少女だと知っている。

結局、人々は自分の休息を優先し、見張りのタイムテーブルを作って半数が寝床《ねどこ》に移ることにした。さらに一部は、王炎の捜索を開始する。


その男、張《チャン》はチャイナの屋敷に戻り、警護《けいご》に就《つ》いた。

噂によると、賊《ぞく》は彼女をさらって、そのまま眼下《がんか》の河に飛び込んだという。たいした度胸の、無謀《むぼう》なヤツだ。

庭園のテラスから覗《のぞ》いても、水面まではちょっとしたビルほどの高さがある。体術に自信がある張でも、飛び込むには相当な勇気が必要である。

そもそも、おばあちゃんを誘拐しようなんてヤツだ。イカれていたに違いない……。

そんなことを考えていると、今日の太陽が昇り始めた。

東から顔を見せた太陽は、河の水面に幾億《いくおく》も光の破片を散りばめる。見慣れているが、美しい光景だ。張は思わず目を細めた。

しかし、見慣れたはずのその視界には、わずかな異物が混入されていた。

「…………なんだ？」

眩《まぶ》しさのため、額《ひたい》に添えた手の下で、思わず声が漏《も》れる。

水面に、棒《ぼう》が立っている。

〝それ〟はまず、そう見えた。

「…………ん～～～～～～？」

すぐに、〝それ〟がそうでないことに気づく。理由は、〝それ〟が変化したからだ。こちらに向かって、近づいてきたからだ。

「…………なんでだ？」

眼下《がんか》の河は、東に向かって流れている。つまり、〝それ〟は流れに逆らって、こちらに向かってきているのだ。それも速い。かなり速い。

張の脳裏《のうり》で非常信号が点灯した。しかしまだ、声に出すには至らなかった。

距離が狭まるにつれて、〝それ〟が〝それ〟でないことがわかった。〝それ〟は〝彼〟、すなわち人間だった。

「人間!?」

その男は、水面に直立していた。直立したままで、読仙社に接近してくる。背後に波飛沫《なみしぶき》を立てて、しかし当人は腕組みをし、軽く足を開いた姿勢で冗談のように近づいてくる。遠目には、河の上を滑っているように見えた。

コートにブーツ、シャツの上にはチョッキを着込んでいる。洋装だ。髪は気品を湛えた銀。朝日に照らされ、水面に負けない輝かしさを湛《たた》えている。

その視線は、はっきりと読仙社をとらえていた。

「敵だ！　怪しい奴が、近づいてくる！」

張はやっと、自分が見たものを的確に言い当てたのだった。

男は腕を組んだまま、水面の上を進んでいく。足は微動だにしない。まさに宙と河の境界を、〃身動きせずに進んで〃いるのだ。

不可思議《ふかしぎ》な光景といえる。男の出《い》で立《た》ちも、一昔前の冒険小説から抜け出たように浮世離《うきよばな》れしている。体軀《たいく》はしなやかに鍛《きた》えられ、全身からは鞭《むち》のような印象を受ける。

しかし何より強いのは、その視線だ。

両側に切り立つ断崖《だんがい》を、まるで射抜《いぬ》くように見つめている。視線だけで穴が開くのではないかというほど、鋭い視線だ。

男の口端《くちは》が、わずかに上がった。断崖の一角に、わずかに設けられた岸を見つけたのである。明らかに、人工のものだった。

「…………………………」

声もなく、その進路が岸へと向けられる。同時に速度も少し、上がった。

迎え撃つように、岸へと数人の男たちが降りてきた。張から報告を聞いた者たちが、駆けつけたのだ。

「なんだ、キサマは⁉」

「気をつけろ、術者かもしれん！」

刀、三節棍《さんせつこん》、槍《やり》とそれぞれ獲物《えもの》を手にして、近づく男に備える。その実体は不明だが、こんなふうに接近してくる男が味方であるはずもない。

男たちは直ちに岸に散らばり、敵意と緊張の防衛線を引いた。

「…………」

しかし、河から来た男は少しも意に介さず、一直線に岸へと向かってきた。

「止まれぃ！」

「読仙社に、何の用だ！」

岸から浴びせられる声に答えることなく、男は水面から宙に飛んだ。

「！」

岸の男たち全員が、息を呑《の》んだ。

宙に飛んだのは、男だけではなかった。男の足の下には、巨大な魚がいた。つまり男は、魚の背に立っていたのだ。その魚が、河を溯《さかのぼ》っていたのである。

トリックはわかったものの、一同の驚きは消えなかった。

朝日に照らされた巨体――これは、魚だろうか？　魚の胴体《どうたい》には、羽根が生えていただろうか？　口に牙《きば》があっただろうか？　爪《つめ》つきの脚を、持っていただろうか？

魚と男は、一同の頭上を高く飛び越して、岸に着地した。同時に男はその背から、地面にと飛び降りる。

ゲゲゲゲゲ、と魚が鳴いた。誓《ちか》ってもいいが、魚はこんな鳴き方はしない。つまりこれは、魚ではない。バケモノだ。

振り向き、啞然《あぜん》としている一同を尻目に、男は周囲を見渡した。ゲチゲチと牙を嚙《か》み合わせて、バケモノがすり寄る。

「……な、なんだ！　おまえらは⁉　なんなんだ⁉」

コートの男はようやく一同を振り返る。しかしその顔には、抵抗を許さない鉄の瞳があった。

「……門はどこだ？　あの売女《ばいた》は、どこにいる？」

質問は、質問で返された。

男たちは、勇気を振り絞《しぼ》ってそれに答える。それぞれが武器を構え、コートの男と魚のバケモノに向けることで。

「……後ろを向いて、その河に飛び込め。生き残る手段は、それだけだ」

コート男の口調は、脅《おど》しではない。役人が、淡々と通達事項を述べているだけのような声色だ。だからこそそれが、恐ろしい。

「……我ら、読仙社！　今こそ日々の鍛錬《たんれん》を見せる時！」

「おう！」

ことさらに大声になるのは、仲間のみならず自分を鼓舞《こぶ》する必要があるからだ。

だが、かくある事態に備え、修練を重ねてきたこともまた事実。その成果が出せないはずがない。一方で、そんな自信も確かにあった。それだけが、一同の心の支えだった。

コートの男がぽん、とバケモノの脇腹を叩く。そう教育されているかのように、バケモノは口を開いて、粘液《ねんえき》の塊《かたまり》を発射した。

「！」

仲間の一人が、直撃をくらう。上半身を丸々覆《おお》ったそれは、酸素と彼を完璧《かんぺき》に遮断《しゃだん》した。

「おいっ！　しっかりしろ！」

その言葉が、どれだけ仲間を助けられるのか。直撃をくらった男は早くも酸欠と混乱に身をねじっている。

しかし、救出している余裕《よゆう》も無かった。

ゲゲゲググゲゲクゲクデデ！　奇怪な咆哮《ほうこう》と共に、バケモノが突進してくる。

コートの男は相手をする気もないらしい、断崖《だんがい》の上に昇る階段を見つけて、既にそちらへ足を向けていた。

男たちは皆、瞳に絶望の色を浮かべて得物《えもの》を突きだした。バケモノの身体《からだ》を覆ったウロコは、ぶつかったどの武器よりも硬かった。


人間を数人、束ねて絞《しぼ》り上げる。

例えて言うなら、そんな悲鳴が聞こえてきた。

他スタッフに集合をかけていた張は、思わず声のした方向に目をやった。それは、断崖のずっと下に作られた、舟を泊める岸から聞こえてきたものだった。

「誰か……！」

様子を見に行け、と指示を飛ばす前に、当の岸に降りる階段に人影が現れた。

コートに長身、あの水面を移動してきた男だった。

男は階段を昇りきり、屋敷に通じる門へと歩いてくる。

「あいつだ！」

短い一言で、居合わせた一〇数名のスタッフに緊張が走る。正直、今まで半信半疑《はんしんはんぎ》で聞いていた者も多かったが、実際に男を目《ま》の当たりにして、瞬時に気分が切り替わった。

男は興味深そうに、屋敷の造りを眺めながら、門の前に立つ。

入れさせまい、とスタッフが門を挟《はさ》んで立ち向かう。なぜか、張が一同の中央に立つことになった。

男はまだ、無遠慮《ぶえんりょ》に門の構えや庭の様子などを見ている。好奇心が旺盛《おうせい》なのか、それとも、張たちを相手にしていないのか。

「なんだ、キサマは！」

張の切り出した言葉も、男にはもう聞き飽《あ》きたものだった。同じ問いをした仲間が、今は岸でバケモノの腹に収まっていると、どうして想像できようか。

しかしあるいは、率直《そっちょく》に話したほうが、事態をスムースに運べるかもしれない。なにしろ自分には、時間が無いのだ。

男は正面から張を見つめて、口を開いた。

「西から来た。……おまえたちの頭首に用がある」

重く、太い言葉が門に落ちた。何人かが、仲間同士で顔を見合わせる。

「誰ともわからぬ者を、頭首に会わせるわけにはいかん。名を名乗られよ」

あるいはおばあちゃんの関係者かもしれない。可能性は薄いが、そんな考えが一瞬張の頭をよぎった。

男はふっ、と小さく息を吹き、言葉を続けた。

「名は無い。……もう忘れた。しかし西では、ジェントルメンで通っている」

「！」

その言葉に、男たちが反応する。読仙社のスタッフにとって、ジェントルメンは敵だ。敵の総大将だ。すべての戦いの元凶《げんきょう》なのである。

「待て！」

早くも飛びかかろうとする仲間を、張が制する。

読仙社の諜報《ちょうほう》部隊は、何度となくジェントルメンの姿を写真に捉えている。この一世紀の間、その全てが老人であった。

するとこの男は、ジェントルメンを名乗る別人である。そう考えるのが自然な流れだ。

「……偽《いつわ》りだろう。今やジェントルメンは、老人のはずだ」

張の指摘を、男は鼻で笑った。

「おまえらの頭首も、本来なら老婆《ろうば》のはずだろう」

指摘は指摘で返された。しかもその口調に込められた侮蔑《ぶべつ》の微粒子《びりゅうし》に、一同は少なからず怒りを覚えた。

「さっさとあの売女《ばいた》を呼んでこい。もと亭主が用がある、と伝えろ」

続いて投げられた言葉は、侮蔑《ぶじょく》そのものであった。

張は今回、誰も制さなかった。自分が真っ先に飛び出したからだ。この男が本物のジェントルメンかどうかはわからない。が、自分たちの頭首を侮辱《ぶじょく》したのは事実だった。

「………………ふん」

ジェントルメン、と名乗った男はただ手を前に出し、張の突進を止めた。

体術には自信がある張が、瞬時に止められた。しかも男の掌《てのひら》は、彼の頭をバスケットボールのように摑《つか》んで離さない。

「まったく、芸のない連中だ……あの女め、管理ができとらん」

万力で締めつけられるよう、とはよく使う比喩《ひゆ》であるが、それは実にプレス機のような絶対の強引さで、張の頭を摑んでいる。

当然もがき、逃れようとするのだが、男の腕はまったく動かない。

「………おまえに命ずる。……進化しろ」

ぼそりと、男が言った。途端、彼の指から張の頭に、電流のような刺激が流れこんできた。それは脳細胞を激しく揺さぶり、意識をホワイトアウトさせた。張の視界も、脳内も、たちまち一面の白となった。

「張！」

驚愕《きょうがく》したのは、他のスタッフである。

男の声と同時に、張の身体《からだ》が痙攣《けいれん》した。スタンガンでも仕込んでいたか、と誰もが思ったが、その後、張の身体に起きた変化は想像を絶するものだった。

頭部が膨《ふく》らみ、髪が抜け落ちた。骨格がみるみる変化し、手足がやせ細っていった。眼球はその面積を大きく広げたが、鼻はその高さを失っていった。やがて骨格も、まるで骨そのものが無くなったかのように、ぐにぐにと奇怪な方向に曲がっていった。

それがほぼ、一〇秒足らずの間に起こり――張だったものは、最終的にゲル状の物質と化した。男はハンカチで、掌に付着していた張の残滓《ざんし》を拭《ふ》き取っている。

「……人間はダメだな。生命力が低すぎる。使い物にならん」

吐き捨てるような口調だった。

全員が、男の呼称《こしょう》を心中で訂正《ていせい》した。

間違いない。彼の正体は――ジェントルメン！

「驚くに値《あたい》しない。言った通り、少し若返っているだけだ」

驚愕の表情から読みとったか、ジェントルメンは男たちに説明する。

「ヤングメン、と呼んでもいいぞ……どのみち我々には、名前など無意味だ」

ハンカチを放って捨てたジェントルメンは、改めて男たちを見据《みす》える。

「では、もう一度言おうか。あの売女《ばいた》を呼び、ここに連れてこい。そして匿《かくま》っているファウストと、グーテンベルク・ペーパーを渡せ」

あまりに威圧《いあつ》的な口調に、腰が落ちそうになる。しかし鍛《きた》えられたスタッフは、どうにかそれをこらえた。

横一列に視線をかわして、それぞれの覚悟を確認する。

「……通すわけには、いかん」

ジェントルメンの顔に、意外そうな表情が浮かんだ。

「ほう」

スタッフは銃、ナイフ、暗器など、それぞれに得意な武器を取り出して、人間の盾《たて》を作る。

この男がジェントルメンなら、それがどれほど無力な抵抗と知っていても。

その覚悟は、悲壮《ひそう》な覚悟であった。

ジェントルメンの探す頭首は、ここにはいないのだ。なぜそれがジェントルメンに伝わっていないかは不明だが、これは付け入る隙《すき》になる。

自分たちがここで殺されれば、騒ぎになる。他のスタッフが考え、行動する時間が稼《かせ》げるのだ。そのために、自分たちはここで死ぬのである。

捨て身の盾は、どうやらジェントルメンを騙《だま》せたようだった。せめてこの事態を王炎が知れば、読仙社存続の可能性も出てくる。

「管理はできとらんが……そこそこに、好かれているようだな。……確かにあの女は、昔からそうだった……」

ふと、遠くを見るように目を細める。その視線が本当はなにを見ているのか、当人以外に知る術《すべ》はない。

「……悪いが、ハンカチの代えが無い。おまえたちの相手は、こいつらがしよう」

突然、門の石畳《いしだたみ》を割り裂《さ》いて、巨大な獣《けもの》が飛び出してきた。地中を掘り進んできたらしきその生物は、体毛から砂と石を振り落とし、周囲を土埃《つちぼこり》で隠してしまう。

「！」

視界の遙《はる》か上、木々の枝からは、大きなイカがブラ下がっている。いや、地上にいる以上、それはイカではない。イカが進化したものなのだ。

地中から飛び出したものも、穴居《けっきょ》性の鳥である。

ジェントルメンは、その〝触れたものを進化させる〟能力で、見つけた動物たちを変身させ、同行してきたのである。

無論、河を上ってきた魚もその一匹だ。

地中から出た鳥が、前足を使って男を穴に引きずり込んだ。悲鳴と骨の折れる音が、埃にまみれた他の面々に聞こえてきた。

「…………うわっ！」

別の一人が、イカの垂らした足に吸いつかれ、宙へと引っ張り上げられる。自慢の武器も、体術も、使う暇《ひま》がない。男は足に巻かれ、全身を締め付けられた。行き場を失った血液が、鼻、目、耳からこぼれ出す。

地響きを立てて、数頭の象がやって来た。その全身は長い体毛に覆《おお》われ、鼻は二本に分かれている。彼らはその鼻を門柱に巻き付け、力まかせに引き抜いた。

たちまち周囲は、阿鼻叫喚《あびきょうかん》の地獄絵図と化した。怪物たちが皆進化の産物であることを考えれば、未来絵図とも言うべきか。

ジェントルメンは、その中を悠々《ゆうゆう》と歩いていく。崩壊《ほうかい》しかけていた門は、彼が通ると同時に崩《くず》れた。進化の動物軍団が、勝利の雄叫《おたけ》びをあげる。

ジェントルメンは、門内の庭園を見渡し、つぶやいた。

「さてと……案内図は、ないのか……？」


「！」

突然の感覚に、身を起こす。

「……どうしたんですかぁ、チャイナさん〜……」

その動きにつられて、読子が目を覚ました。

読子とチャイナ。二人は、大樹《たいじゅ》の下にいた。読仙社に戻る前に、チャイナが寄り道をしようと言いだしたのだ。

それは彼女が〝約束の地〟と名付けた場所であり、具体的な地名、位置までは教えてもらえなかった。

読子にしてみれば、読仙社に戻ることは、再度囚《とら》われの身になることを意味するので、この寄り道には一も二もなく賛成した。

ただ、その場所までは結構な距離があるらしいので、一度寝て体力を養っていたのだ。

読子は本当に寝ていたが、チャイナは休眠明けということもあり、星や朝日を見ながら夜を過ごした。時折、寝入った読子の鼻に草を突っ込んだりして、遊んだりもした。

朝日も昇る頃、退屈からそろそろ出立《しゅったつ》しようとしたその時に……。

「！」

感覚が、チャイナの身を襲ったのである。

チャイナは西の方角をじっと見て、言った。

「……わかんない。でも……なにか感じたわ」

「……お腹《なか》がすいたんですか？」

もっともではあるが、緊張感を欠く読子の問いだった。チャイナはそれを軽く流して、ただ西を見つめている。

「……なにか、懐《なつ》かしいような……それでいて、怖いような……」

「はぁ……」

生返事をするものの、読子にはその〝感じ〟の正体が摑《つか》めない。

チャイナはしばらく西からの空気を探っていたが、その正体はついにわからなかった。

「気のせいかな……？」

「……私も、そういうことあります。夢の中の感覚が、起きてもずーっと残ってて……。今日なんか、やたらとクシャミばっかり出る夢、見ちゃいました」

本人はそこそこに真剣なのだが、読子のコメントを聞くとどうにも脱力してしまう。

「……私は寝てないって。睡眠不足同様に、寝過ぎもお肌の大敵だもん」

読子の夢の原因はしらばっくれて、チャイナは口を尖《とが》らせた。とはいえ、感覚の正体がわからないことには変わりない。とすると、やはり錯覚《さっかく》なのだろうか……？

「あの、チャイナさん……？　どうします？　そんなに気になるんでしたら、そっちのほうに、行ってみます？」

読子の提案にしばし黙ってみたものの、チャイナは首を横に振った。

「やめとく。……気のせいよ、たぶん……」


洋館暮らしの長いジェントルメンにとって、チャイナの屋敷は迷路に近い。

「まったく……下品な造りだ。娼館《しょうかん》のほうがまだマシだぞ」

チャイナとファウストを探して、館内を探検していく。前世紀の探検家らしい服装が、そんな雰囲気《ふんいき》にマッチしていた。

「でぇいっ！」

時折、通路の角や天井の一角から、決死の表情を浮かべたスタッフが攻撃をしかけてきた。

主に刃物が使われるのは、彼らの好みなのだろうか？

それに答えるつもりもないが、ジェントルメンもナイフで彼らの攻撃をしのぎ、そして倒していく。

刃から伝わる〝狩りの感触〟が、遠い記憶の層に埋もれていた感覚を掘り起こした。十何人目かの襲撃者を葬《ほうむ》った時、ジェントルメンは身体《からだ》の異変に気づいた。

「……む？」

右手の人差し指、その爪《つめ》が割れていた。

戦いの中なら無理はないが、ジェントルメンには気にする理由がある。これしきの相手に、自分の肉体が傷つけられるはずがないのだ。たとえそれが爪の先であろうと。

考えられる理由は、あの〝進化の能力〟だ。どうやらあれを、野放図《のほうず》に使いすぎたようだ。かつての自分とは違う、今の自分はあくまで〝再編集した〟ものなのだ。気づかないところで肉体が疲弊《ひへい》していても、不思議はない。

ジェントルメンは、能力をセーブするよう自分に言い聞かせた。どのみちあの女と、ファウスト以外に使う必要もないだろう。

それに、道中で進化させた動物軍団は、既に読仙社の施設にも、人員にも、多大な被害を出している。

ジェントルメンは安心し、さらに屋敷の奥を目指した。これだけの騒ぎになっているのに、あの売女《ばいた》が姿を現さないのが幾分、不思議でもあったが。

生物は環境によって進化を左右される。

ジェントルメンが進化させた動物たちは、気候の大変化を予測させる変貌《へんぼう》ぶりを見せていた。魚は宙に、鳥は地中に、それぞれの補食エリアを広げて、より餌《えさ》を求めるべく身体《からだ》の各所を変化させている。

その恐るべき進化は、今まさに読仙社のスタッフたちを餌食《えじき》にしていた。

象に思えたのは牛の一種か？　鳥らしきものは実はモグラか？　いずれにせよ、生物学を混乱させる外観を有した彼らは、牙《きば》で、爪《つめ》で、角《つの》で、毛で、体液で、あらゆる手段を講じて人間たちを〝狩って〟いる。

「撤退《てったい》しろ！　撤退だ！」

生き残りのスタッフが声を荒げるが、その声も、姿もろとも巨大貝から伸びた触手にからめ取られていく。

読仙社は最も予想外な攻撃を受け、予想外な壊滅の道を着実に歩んでいった。

しかし、その戦いとはまた別の争いを続けている男たちがいた。

王炎と、ファウストである。

二人は昨夜から、数時間に渡って戦い続けていた。場所は、読仙社の外れにある巨石像の前である。

さすがに二人とも、疲労の色が濃い。服の端々が避け、覗《のぞ》く肌からは幾筋《いくすじ》かの血も見てとれる。

王炎は黒表紙の本を右手に、紙を左手に構えている。

対するファウストは、小さなペーパーナイフを一本、持っているだけだ。

朝日が昇りゆく中で、二人は苦笑をまじえつつ、お互いの姿を見た。

「……しぶといな」

「……そちらこそ……」

二人を知る者なら、王炎の苦戦を不思議に思うことだろう。

王炎は、手にしている黒表紙の本に、人や物を吸い込むことができる。ロンドンでの女王誘《ゆう》拐《かい》、ピカデリー・サーカス消失事件の際に使用した能力だ。それに加えて、いわゆる〝紙使い〟の能力も備えている。

対してファウストは、智恵こそ回り、知識こそあるものの、その肉体は少年だ。特殊な能力を持っているわけではない。

まともに戦えば、王炎の圧勝は間違いないのだ。

だが。

戦いは紙とナイフで斬《き》り合う他に、頭脳戦の要素も含んでいた。

「僕を殺せば、グーテンベルク・ペーパーの秘密は永遠に手に入らないぞ」

戦いを始める前に放った、ファウストの一言が王炎の心を縛《しば》った。それは、チャイナの命を永らえさせるために必要なものだ。そのためには自分たちは動き、戦い、命を落としてきたのだから。

「……聞き出す方法なんて、幾らでもありますよ。つまりは、あなたの頭さえ残っていればいい……」

香港《ホンコン》時代の暗い瞳で、王炎はそう答えた。半分ブラフで、半分は真実である。本の中に閉じこめれば、確かに尋問《じんもん》の方法は何万通りもある。

だが、そうするだけの余裕《よゆう》をファウストは与えない。

本を開くために手をかけると、たちまち彼は距離を取る。王炎の本に〝射程距離〟があることを、彼は知っていたのだ。王女誘拐《ゆうかい》、ピカデリー・サーカスと、二度にわたって実例を示したのは、王炎の誤算だった。

飛ばした紙は、ペーパーナイフで弾《はじ》かれてしまう。至近距離まで詰めると、そのナイフで自分が刺される危険もある。

王炎がなにより恐れているのは、このままファウストを逃がしてしまうことだった。

そんなことになったら、死んだ漣蓮《りんりー》にも、白竜《はくりゅう》にも顔向けができない。

すぐに決着がつくと思っていたが、そんな焦りに加わって、状況は膠着《こうちゃく》したまま、朝を迎えていたのである。

「……続きは、朝食を摂《と》ってからにしないか？　美味《うま》い店を知ってるんだ」

「お断りします。この一件は、朝飯前にすませておきたいものですから」

軽口を叩きながらも、二人は決着の瞬間が近づいていると知っている。そのタイミングを、相手がどう計っているかを考えている。

もう一つ、王炎が注意しているのは、この期《ご》に及んでファウストが能力を発揮《はっき》していないことだった。

グーテンベルク・ペーパーを解読したなら、そこに記されていた能力を頭に押し込んでいるはずだ。

不老不死、死者の復活、時間操作……。得られる能力はこの三つのうち、一つと言われている。ファウストはどれを、選んだのか……？

あるいは、なにも選んでいないのか……？

疲労が、王炎の思考を混乱に巻き込み始めた。否応《いやおう》なしに、早く決着《ケリ》を着けなければならない。

じり、と王炎が歩を詰めた。

「……………………」

ファウストが、ナイフを高く挙げた。その刀身に、朝日の光が反射する。

その光は、まっすぐに王炎の目を灼《や》いた。

「！」

一秒もなかったに違いない。が、それは命のやり取りに十分な時間だった。

一瞬、まさに一瞬。目を眩《くら》ませた王炎に、ファウストが歩み寄っていた。

彼はまず、本を持っていた右手に、ナイフで斬《き》りつけた。

王炎が、思わず本を落とす。しかし左手を横殴《よこなぐ》りに払い、紙でファウストに斬り返す。

ファウストの胸元から、ネクタイが落ちた。

「！」

「‼」

互いの喉《のど》に紙とナイフ、それぞれ突きつけたまま、二人が止まった。

「王炎様！」

そこへ、何者かの声が聞こえてきた。


「…………死のう……」

長姉、静《ジン》がポツリとつぶやいた言葉に、四人の妹たち——帆《ファン》、薇《ウェイ》、琳《リン》、茜《シー》はビクっと身を震わせた。

上から順に棒《ぼう》、三節棍《さんせつこん》、鉄球、投げ串《くし》、盾《たて》とそれぞれが特殊な文鎮《ぶんちん》を操り、〃五鎮姉妹〃と読仙社中にその名を馳《は》せた五人だったが、この一夜はいいとこ無しだ。

チャイナを奪い返せず、読子を取り逃がし、あげく一晩中捜索しても、滝から落ちた二人を見つけることができなかった。

疲労と心労が重なり、岩場でへたりこんでいると、静が冒頭の言葉を漏《も》らしたのだ。

五人は五つ子だが、性格は全員大きく異なっている。帆は豪快《ごうかい》、琳は冷静、茜は気弱で、薇は人を食ったところがある。そして静は――――真面目《まじめ》なのだ。

長姉という意識がそうさせるのか、彼女の行動はいつも責任感、使命感に満ちている。そんな彼女に、この不手際《ふてぎわ》が大きくのしかかっている。

おばあちゃんを助けられなかった＝王炎に迷惑をかけた、という心の図式も、思い詰める一因になっている。

読子を追いかけることは、手紙にして残してきた。「必ず捕らえてきます」との一文も添えた。だからこそ、手ぶらで読仙社に帰ることは赦《ゆる》されない。いや、それを責める王炎ではないだろうが、自分で自分を赦せない。

一晩の捜索も無駄《むだ》に終わり、ついにたどりついた結論がそれだった。

「落ち着けって、別にまだ逃がしたワケじゃないじゃんか」

静をなんとか励《はげ》まそうとする帆の額《ひたい》には、冷や汗が流れている。

「ケッコー逃がしちゃったような気は、するけどねー」

それにつづく薇の言葉は身も蓋《ふた》もない。

「おまえ、そういう後ろ向きな発言すんなよなっ！」

鉄串《てつぐし》を弄《もてあそ》びながら、琳が同意する。

「……とは言っても、あの滝からどれだけ下っても、おばあちゃんもメガネ女も見つけられないのは事実です……」

「なんだコラ、琳までっ！　おまえたち、あきらめた時が負けた時なんだぞっ！」

一晩中走り回っていたにしては、声の大きい帆である。その体力に比例して、思考回路も姉妹で一番体育会系だ。

しかし妹たちのやりとりを余所《よそ》に、静は一人でぶつぶつと言葉を続けていた。

「…………賊《ぞく》の一人も倒せなくて、なにがおばあちゃん親衛隊だ……おまけに、五人がかりで逃がしてしまうなんて、恥《はじ》の上塗《うわぬ》り…………に、会わせる顔がない……」

小声で聞き取れない箇所《かしょ》に、誰の名前が入っているのか？　本人は隠しているつもりでも、姉妹全員が知っている。

「……こうなったら……命を以《もっ》て償《つぐな》うしか……」

静は真面目《まじめ》なだけでなく、いざという時に思い詰めてしまうタイプだったのか。長姉の隠されていた一面に、妹たちは顔を見合わせた。

「あー……あのさー、気持ちはわかるけど、もうちょっとソフトな責任の取り方があるんじゃないかー？」

「そうですわ。……せめてクジ引きで負けた人だけ、代表で犠牲《ぎせい》になるとか……」

「そんな運まかせ、反対だねー。学力試験にしよーよ」

「薇！　てめっ、なんで勉強なんだよっ！」

　本気で自決を強制しかねない静に、妹たちの態度も真剣度を増していく。まさか薇の意見が通るとも思えないが、知力面ではワースト候補の帆はつい声が大きくなった。姉同様、任務を失敗している責任は感じているが、それと自決は別問題だ。

「……どのみち、こんな失態をしでかした私たちに、帰る場所なんてないんだ……なら、これ以上恥の上塗《うわぬ》りをするよりは、いさぎよく……」

　妹の意見など耳に届いていないらしい。険しい瞳が赤いのは、決して寝不足のせいだけではない。棒《ぼう》を握る指も、口調の深刻度が上がるにつれて力が入っていく。

　やばい……！

　帆、薇、琳の三人の心中が、共通の悲鳴をあげそうになった時。

　それまで沈黙を守っていた末妹、茜がとてとてと静に歩み寄った。

「………………？」

　岩に腰掛けた静の前にしゃがみこみ、止める間もなくその頬《ほお》をぺちん、と叩く。

「！」

　叩いた妹よりも、叩かれた姉よりも、それ以外の三人が驚いた。「歩くあんぽんたん」「走るあんぽんたん」「転ぶあんぽんたん」と散々な言われかたをしている茜が、五人のリーダーである静の頬《ほお》を叩くなど、訓練時でもないことだった。プライベートではなおさらだ。夢に見るのも難しいだろう。つまりはそれほど、ありえない出来事なのである。

「…………………………茜?」

叩かれた静も、頬を押さえて呆然《ぼうぜん》と妹を見ている。なにをされたのか、判断しかねているようだった。

「逃げちゃダメだよ、静ちゃん」

対して茜は、まるで年下の子供を慰《なぐさ》めるように、柔らかな視線を向けていた。

「逃げる……?」

茜は大きく頷《うなず》いた。その動きにつられ、姉妹一の豊かさを誇る胸が揺れた。

「……死んだって、おばあちゃんは戻らないし、あのメガネさんも捕まらない。……それに、王炎さんだって悲しむよ」

「王炎さんが……悲しむ?」

静の目から、澱《よど》みが消えた。その名前は、静にとって想像以上の効果があるようだ。

「そ。王炎さんは、私たちを信じてるから、親衛隊にしてくれたんでしょ?」

茜の問いかけに、童女のように頷く静。普段と逆転した構図に、他の三人は目と口を開けて見入っている。

「だったら、私たちは、私たちができることをしなきゃ。……ここで死んだりしたら、それを

投げ出すってことじゃない。王炎さんの信頼から、逃げることになるんだよ」

茜の口調はどこまでも柔らかい。しかしそれは、追い詰められてささくれ立った静の心中に深く染みこんだ。

「……そうだ、けど……でも……」

なおも俯《うつむ》きそうになる姉の肩に、茜が手を置く。

「……どうせ死ぬんだったら、最後まで二人を探して、探して、探しまわって、ぶっ倒れよう。そんな死に方だったら、喜んで静ちゃんにつきあったげるよ」

「茜……」

長姉と末妹の視線が、まっすぐに結ばれた。残る三人は意外な成り行きを見つめている。

「…………………おまえの、言うとおりだな……」

長い沈黙の後、静が発した言葉からは、もう翳《かげ》りは消えていた。

「……私としたことが、おまえに教えられるとはな……我ながら、困惑していた……よりによって、おまえに教えられるとは……まったく、おまえに……」

「……あの～、そこまで、繰り返さなくてもいいんだけど～～～」

苦笑まじりの静が、岩から立ち上がった。その姿勢からは、いつのまにか疲労の色が消えている。

「茜ちゃんに一本とられたね～」

「……普段はあんぽんたんのくせに、ちょっとズルいです」

「……え？　なんだ？　結局静、立ち直ったのか？　これでいいのか？　あたしら、死ななくていいのか？」

一人、場の空気を読みきれない帆を、薇と琳が冷めた目で見る。

「帆ちゃん、バカ女《じょ》組の留年決定ね〜」

「じゃあ、茜ちゃんはおとめ組に転入ですか？　それはそれで問題が……」

「一応、研修生ってことでいいんじゃない〜？　資質はありそうだし」

「おいっ！　あたしを無視するなっ！」

静の復活と共に、三人もいつもの調子を取り戻す。性格も武器もバラバラの五人ではあるが、姉妹の見えない絆《きずな》は確実に存在しているのだ。

「なにをしてる、こっちへ来い！」

すっかりいつもの口調に戻った静が、三人を一喝《いっかつ》した。妹たちは複雑な顔を作りながら、円陣を作って手を重ねる。

静は、まだ少し赤みの残った目で、四人を見渡した。

「……太陽も昇った、夜よりはずっと探しやすい。下流を、五人で虱潰《しらみつぶ》しに探しなおすぞ。紙一枚見逃すな！」

睡眠抜きの過酷《かこく》な任務だが、それでも静が落ち込んでいるよりずっといい。四人は無言で頷《うなず》いた。

「必ずおばあちゃんを見つけだし、連れ帰る！　……思い出せ、受けた任務は必ず果たす、我ら人呼んで！」

口を揃《そろ》えて、岩に響き渡る声で気合《きあい》を入れる。

「五鎮姉妹！」

「……まい〜……」

いつものように微妙に遅れた茜は、皆に怒られる、と思わず目をつぶった。

「………………？」

しかし、叱責《しっせき》の言葉は飛んでこなかった。おそるおそる目を開けると、苦笑と優しさが入り混じった視線で姉たちが自分を見ていた。

「……やっぱ、茜だな」

「ひょっとして、敵が変装してるのかと思ったけどね〜。安心安心」

「まあ、さっきの一件はマグレということで……」

姉たちの生温《なまぬる》い視線に、今度は自分が戸惑ってしまう茜である。

「なに〜？　なんだか、バカにされてるような気がする〜……」

くすくすと笑いながら、四人の姉と一人の妹は、それぞれの武器を手に取って岩場を後にするのだった。

「……おい」

もう何十人目だろうか、ジェントルメンは、自分に襲いかかってきた読仙社スタッフの首を摑《つか》んでいる。無論片手で、だ
「答えろ。ファウストはどこにいる？　グーテンベルク・ペーパーはどこにある？　キサマたちの頭首はなにをしている？」

ここに来て、もう何度同じ質問をしたことか。訊《たず》ねる表情も、憮然《ぶぜん》としている。呼吸と返答のために力は加減してやったが、男は顔を紅潮《こうちょう》させながら、

「………くたばれ、バケモノ……」

と言っただけだった。

ジェントルメンは軽く男の喉《のど》を潰《つぶ》して、廊下《ろうか》に投げ捨てる。途端、その背に別の男が剣を刺してきた。

「死ね！」

短く、シンプルな意思表示である。しかし、

「……キサマの攻撃は雑すぎる。……刀は脆《もろ》く、足音は大きすぎる。……到底、聞ける頼みではないな」

ジェントルメンには苦痛の色もない。一方、男のほうは不条理にへし折れた刀の柄《つか》を、唖然《あぜん》

とした顔で見つめている。

「……わしの肉体は、今最高の品質に仕上がっておる。キサマたちの武器では、毛ほどの傷もつけられまい」

ジェントルメンは振り向き、逃げることさえ忘れた男の顔を覗《のぞ》きこんだ。

「なぜそれがわからぬ？　なぜそれに気づかぬ？　……キサマらは、どうしてそんなに〝頭が悪い〟のだ？」

怒りや威圧《いあつ》ではない、真剣な疑問の言葉だった。

「……………………」

男は答えなかった。ジェントルメンも、明快な答えを期待していたわけではなかった。だが、男は最期《さいご》に表情を作った。それはジェントルメンの予想外にあった、笑顔だった。

「？」

ひき、ひき、と男は息を漏《も》らしながら笑い、ジェントルメンの顔に折れた剣を突き立てようとした。ジェントルメンはそれを、無造作《むぞうさ》にふり払った。乾いた音を立てて、男の手首の骨が折れる。耳障《みみざわ》りな悲鳴を上げる前に、ジェントルメンは男の頭部を壁に叩きつけ、永遠に沈黙させた。

「……わからぬ連中だ……」

男の死体を尻目に、ジェントルメンは自分が来た通路を振り返る。

その床は、夥《おびただ》しい遺体《いたい》で埋められていた。先ほどの二人と同様に、次から次へと襲いかかってきた者たちだ。

理解できない。圧倒的な無駄《むだ》である。自分との力の差は、歴然であろうに。それでいてなぜ、命を投げ出すことができるのか。

やはり、あの女はそれほど手下に慕《した》われている、ということなのだろうか。

ジェントルメンは苦笑した。

例えば、自分がこのまま死んだとしたら――。涙をこぼす人間が、どれほどいるだろうか。――おそらくは、一人といないだろう。

悲しいことでも、怒るべきことでもない。

人間はそういう性質のものだし、そういうふうに導《みちび》いたのは他ならない、自分なのだ。

それにしても。彼らの目的が時間稼ぎとするなら、もうあまり遊んでもいられまい。

これは、自分にとっても楽しすぎる。

かつて、人間になり始めた頃に、この大陸で思う存分に暴れていたあの記憶――勝つことと、殺すことが全《すべ》ての価値だったあの感覚を、思い出してしまう。

知らず知らずのうちに、〝ウキウキ〟している。

衝動と快楽に身を委《ゆだ》ねるのは簡単だが、それでは動物と同じだ。本来の目的を忘れてはならない。探し物を見つけなければ。

ジェントルメンは、コートの襟《えり》をパンパンと首スジに当てて、気をひきしめた。

「…………………?」

男の剣が、コートの背に穴を開けていることに気づく。

「…………気にいって、いたのだがな……」

荒々しい眉《まゆ》が、不機嫌に歪《ゆが》んだ。


ジェントルメンは、読仙社に来る前に西安《せいあん》に寄っている。

そこで身なりを整え、ジョーカーと連絡を取ったのである。冒険家じみた身なりは、どんな地形でも対応しやすいからだ。

〝ザ・ペーパーによる読仙社撹乱《かくらん》事件〟で位置を摑《つか》み、後は河を上ってきた。久しぶりの、自らによる肉体活動に心も躍っていた。

思い返せば、この連中にはロンドンを蹂躙《じゅうりん》されている。敵地に乗り込み、思うままに復讐《ふくしゅう》を成し遂《と》げることは、あの時の苛立《いらだ》ちを解消させた。

結局、自分の求めるものはこれなのだ。

絶対的な力による、圧倒的な勝利。

生物の頂点として存在する自分にのみ許された、特権。これに比べれば、すべての快楽は色《いろ》褪《あ》せてしまう。

どれほど寝台を豪奢《ごうしゃ》に飾っても、どれほど多くの民を従えても、どれほど宝物蔵を財宝で埋め尽《つ》くしても。決して満たされない空白が、ある。

それは、知的生命体として幾星霜《いくせいそう》の年月を過ごした間に、少しずつ広がっていった心の穴だ。皮肉にも、それを満たすことができるのは、この極めて原始的な行為だけなのだ。

もう一度、この時代からやり直すのも悪くない。

子供が、長い時間をかけて作った砂の城を自ら破壊するように。そんな思いつきがジェントルメンの頭にあふれていく。

破壊と再生。

なんと甘美な響きであることか。

そんなことを考えながら、芸もなく襲ってくる敵たちを無造作《むぞうさ》に屠《ほふ》っていると、ジェントルメンはやや変わった景観の場所にたどり着いた。

「……ほほう……」

空洞《くうどう》である。巨大な岩山の内部をくり抜いて作った、人工の空洞だ。岩壁のあちらこちらには四角い穴が掘られ、所々に本が収納されている。

そして、中央には天に届けとばかりに突き立てられている、二重螺旋《らせん》の本棚《ほんだな》――。その上には大穴が開き、空を覗《のぞ》き見ることができる。床にはスタッフが回収した本や紙が、未整理のままに積み上げられていた。

チャイナが、読子を案内した図書館だった。

整然の美を誇る大英《だいえい》図書館とは対照的だが、それでもジェントルメンはもの珍しさにしばし立ち止まった。

何名かいたスタッフが、ジェントルメンの姿を見るなり逃げ出した。保安部ではなく、書物整理を割り振られたスタッフなのだろう。まとわりつかれるのも不快だが、敵を前にして一目散に逃げ出す輩《やから》も如何《いかが》なものか。

しかしここで、ジェントルメンは思わぬ邂逅《かいこう》を遂《と》げることになった。

「…………………………むぅ…………」

それは、匂《にお》いだった。

記憶の最深部に埋もれていた、あの匂い。形容し難い深みと、感情を揺り起こすような力強い鮮烈さに満ちた匂い。

あの頃、常に自分の傍《かたわ》らにいた女の匂いだ。

「……いるのか？」

ジェントルメンは注意深く周囲を見渡した。しかし、彼の探し求める相手はいない。

錯覚《さっかく》かと思ったが、匂いは今も鼻孔《びこう》をくすぐっている。

ジェントルメンは、それが中央の螺旋《らせん》から放たれていることに気づいた。

罠《わな》か？

そうも考えたが、今の彼に罠がどんな意味を持つことだろう。迷うことなく、本や紙を踏みつけながら進んでいく。

背後から、声が上がった。追撃してきたスタッフたちだ。自然と眉《まゆ》をしかめてしまう。理由はわからないが、今は他人の妨害がひどく苛立《いらだ》たしい。

喉《のど》を絞《しぼ》り上げ、超高周波を宙に放つ。途端、頭上の穴から怪鳥にも似た生物が入ってくる。全身を鱗《うろこ》状のもので覆《おお》ったそれは、ジェントルメンに命じられた通り、読仙社の追撃隊に襲いかかった。しかし、もう彼らも黙って喰われはしない。弓矢と銃で集中攻撃を試みる。鱗にびしびしと、放たれた矢と銃弾が命中した。

怪鳥は、その身を大きく震わせた。

すると、全身から鱗がぼとぼとと剝《は》げ落ちる。床に着く前に、それは薄く透き通った羽根を開いて自ら飛び始めた。

驚愕《きょうがく》に染まった男たちの顔に、腕に、腹に取りつき、何千もの纖毛《せんもう》を針のごとく突き立てる。鱗に見えたのは、怪鳥に寄生して移動する虫だったのだ。

恐怖と苦痛に、追撃隊が高い悲鳴をあげる。数で有利だと思いこんでいた戦況《せんきょう》は、ほんの一瞬で逆転された。皮膚《ひふ》を食い破られ、肉を吸い出される痛みに身悶《みもだ》えしていると、その首を怪鳥のクチバシでねじ切られる。悪夢のような光景が広がっていった。

後方の戦いにもしかし、ジェントルメンは振り向かない。中央の螺旋を見据《みす》えて歩を進めていく。

冒険者スタイルの彼、そして背後には怪鳥と怪虫、犠牲《ぎせい》になっていく男たち。舞台は洞穴《ほらあな》と、まるで前々世紀の空想活劇のような場面である。誰かがこれを見れば、書物の中に迷い込んだと錯覚《さっかく》することだろう。だが、流れる血も、聞こえる悲鳴も、失われていく命も掛け値なしの本物なのである。

そして、ジェントルメンを惹《ひ》きつけてやまない、不可思議《ふかしぎ》な匂《にお》いも——。

悲鳴が収まった頃、彼は螺旋《らせん》の下に到着した。

やはりだ。匂いは、この螺旋から漂《ただよ》ってくる。正確に言えば、螺旋の棚《たな》に並べられている本から——。

ジェントルメンは、無言のままにその中の一冊を取った。

学者のようにしげしげと外見を調べる。二〇〇〇年は経っているだろう、古い本だ。製紙法は中国で発明され、時代を経て全世界に広まった。

つまりこれは、世界でも最古に属する本なのだ。

その本から、懐《なつ》かしい匂いが感じられる。

「…………………」

ジェントルメンは、柄《がら》にもなく感傷《かんしょう》的になった。あの女と別れたのは、もっとずっと昔の話である。この本が存在していたはずがないのだ。

しかしなぜ、自分はこれほど惹《ひ》かれてしまうのだろう……？

ジェントルメンが制覇《せいは》した西洋が、紙の発明で後《おく》れを取ったのは、それが彼の意識統一に邪《じゃ》魔《ま》だったからに他ならない。初期の人類は、まずなにかを信じさせることが重要だった。人が、人として定められた限界——空を飛べない、水中で息ができない、皮膚《ひふ》は炎で焼くことができる、といった根元的な弱点——を、観念の奥に植え付けることが、目的の第一だったのだ。

その戦略に対して、「真実や実証された結果を後世に残す」紙や本は危険だった。それは、彼の構築した世界観が人類に定着した後、登場すればよかったのである。

実際、製紙技術はむしろヨーロッパで大きく進化した。大量印刷が可能になり、今度は逆に意識統一の礎《いしずえ》になった。

紙は彼の敵であり、味方であった。

あの女がかつて味方であり、敵となったこととは対照的だ。

ジェントルメンは、匂いの原因を確かめるべく、本を開いた。

見たこともない文字が並んでいた。それは、一種の記号に近いものだった。しかし、ジェントルメンは、あの女が記したものだと即時にわかった。

言葉らしきものは交わしたものの、あの女と文字をやり取りしたことはない。そこまで進歩する前に、自分たちは進むべき道を分かったのである。

つまり、あの女の字を見るのはこれが初めてだった。

なのになぜ、記した相手が彼女だとわかるのか……。

すぐに、その理由に気づいた。

本の最初の何枚かは、血で書かれていたからだ。もちろん黒く変色しているが、ジェントルメンの鼻孔《びこう》は見事にその正体を嗅《か》ぎわけた。

かつての夫婦である。あの血の匂《にお》いを忘れはしない。

血文字は決意や意志の強さを証明するため、世界中で使用されている。あの女も、元来はおとなしい性分《しょうぶん》ではない。自分に負けず劣らず、熱情を秘めた女だったのだ。おそらくは、血で記さねばならないほどの覚悟で書き始めたのだろう。

ジェントルメンは自分なりの推測を終え、ページをめくった。

和紙は、洋紙に比べて高い保存性を誇っている。ジェントルメンの行動に、ページが崩《くず》れることもない。それが、あの女の強情さを思い出させて、多少癪《しゃく》ではあるのだが。

最初は読む、というより眺める、に近かった。だが、何十枚とめくっているうちに、並ぶ文字の中に法則性が見えてくる。すべての解読はここから始まるのだ。

もう一冊、を手にして、文面を見比べる。時系列《じけいれつ》が連続している。本の内容は、〝続き物〟なのだ。好都合である。解読の手がかりが、格段に増える。

本に読みふける彼から離れた場所で、怪鳥たちが食事を終えた。ぶち撒《ま》けられた新鮮な血が、床の紙を紅《あか》く染めていた。虫たちは、やって来た時のようにせくせくと鳥の身体《からだ》にぶら下がる。読仙社側で動く者は、一切《いっさい》ない。

怪鳥は短く声を発して、頭上の穴へと飛び立った。

一人残ったジェントルメンは、周囲に本を積み上げながら、意識を埋没《まいぼつ》させていった。おぼろげだった本の内容が、進んでは読み返し、進んでは読み返しているうちに、輪郭《りんかく》を伴《ともな》ってくる。同時に、脳裏《のうり》にあった女の姿も、明確になってくる。

百冊ほどを読んだ頃、ジェントルメンは気づいた。

これは、あの女の日記だ。

この中には、自分と彼女しか知り得ない、人類の真実の歴史が書いてある。彼自身も忘れそうな些細《ささい》なことから、命運を分ける一大イベントまで、思い出されるままに記されている。二人が出会った時、一緒《いっしょ》に暮らした頃、別れた後……。時には漠然《ばくぜん》と、時には饒舌《じょうぜつ》に、あの女は筆を振るっている。

「……………………………」

ジェントルメンはふと、螺旋《らせん》を見上げた。

棚《たな》に収まっている本は二、三〇〇〇冊はあるだろうか。これがすべて日記とするなら、いつまで書き記されたものなのだろう。その果てに、あの女はどのような心境にたどり着いていることなのだろう。

螺旋《らせん》は寄り添い、しかし決して交わることなく地から天へと伸びている。まさか、自分たちの関係の象徴で作らせたわけではないだろうが。

「……バカ者めが……」

ふと漏《も》らした一言は、自分でも驚くほど老いたものだった。

あの殺戮《さつりく》を見れば、あの男の力を見れば、男が連れてきた怪物たちの所行《しょぎょう》を見れば。生き残ることは奇蹟《きせき》に等しい。

男は保安部の一人だった。名前を、黄《オウ》という。ジェントルメンを門で迎えたスタッフの一人である。張が彼の手によって殺《あや》められたのも、目の当《ま》たりにしている。

その直後に始まった虐殺《ぎゃくさつ》から逃れられたのは、怪物たちが引き起こした土煙にまぎれて、脱《だっ》兎《と》のごとく逃げ出したからだ。戦う気は毛頭無かった。自分の腕では一秒とて稼《かせ》げない、そんなことも知っていた。

しかし、あの場で倒れた中で、彼を卑怯者《ひきょうもの》と呼ぶ者はいないだろう。なぜなら彼が逃げ出したのは、役目を背負っての行動だからである。

一同が死ぬ意味、その一つは時間稼ぎにあるが、もう一つはこの突発事態を周囲に知らしめることにある。

この読仙社で、事態を〝最も知らなければならない人間〟。それは王炎だ。黄の役目は、王炎を見つけて一刻も早く、この事態を報告することだった。

共に修業し、訓練した仲間たちである。目線のわずかなやり取りだけで、その意は伝わった。故《ゆえ》に、黄は最初から抵抗を放棄《ほうき》し、ひたすらに逃げ出したのだ。

途中、一度だけ振り返ったが、既に門には殺戮《さつりく》の風が吹き荒れていた。仲間たちは自らの役目を果たした。ならば、今度は自分の番なのだ。

黄は、物音と悲鳴で「何ごとか」と姿を現した同胞《どうほう》たちに、簡潔に状況を報告した。

「ジェントルメンが現れた。王炎様はどこだ？」

幾度となく問いながら、階段を上り、下り、通路を突っ切る。足は震えだし、心臓は動悸《どうき》を限界まで速めるが、止まるわけにはいかない。これが、彼の役目なのだ。

とはいえ、昨夜からの捜索《そうさく》にも姿を現さない王炎である。依然として、その姿はおろか、影も見えない。

いそうな場所は全て回った、もう門だけでなく、社中のあちこちから悲鳴と戦いの声が聞こえている。なぜ、王炎は出て来ないのか？

黄は猛烈に酸素を求める脳で、必死に考えた。

つまり、王炎は〝いそうにない場所〟にいるのだ。読仙社の幹部として、いなければならない場所――中央から離れ、悲鳴も騒ぎも聞こえない場所に。

そして、駆けつけられない事態に陥《おちい》っているのだ。それが何かまでは想像できないが。

黄は、中央からぐんと離れた連座像《れんざぞう》の間《ま》に思い当たった。その名の通り、巨大な石像が何百メートルに渡って並ぶ場所である。

あそこなら、中央で騒ぎが起きても気づくことはない。

黄は残り少ない体力を振り絞《しぼ》って駆けた。通路を渡る時間も惜《お》しいので、岩から岩へ飛び移って走った。樹にしがみつこうとした際に、指の爪が何枚か剝《は》がれた。それでも止まることなく、走り続けたのだ。

そして、連座像の間にたどり着き、今まさにファウストを相手に、紙とナイフを突きつけあう王炎の姿を見たのである。

「王炎様！」

並んでみると、王炎はファウストより頭一つぶん以上背が高い。普通に予測すれば、負けるわけのない相手である。

しかし、ファウストは普通の相手ではなかった。巧妙《こうみょう》に相手の裏をかき、挑発し、髪の毛ほどの隙《すき》をついてじりじりと攻撃することが、なにより得意なのだ。そんな策略の積み重ねで、連蓮も殺されたのである。

それは承知していた王炎だったが、正直、ナイフの技術は意外だった。

「僕らの世代は、なにかと刃物を使う機会が多かったからな」

とは、戦いの最中にファウストが漏《も》らした言葉だ。王炎の知らない形の闇を、あるいは彼も抱えているのかもしれない。

違う形で出会ったら……………やはり、殺し合う間柄《あいだがら》になっていたんだろうな。妹、海媚《ホイメイ》に関する挑発を夜通し受けて、王炎はそんな結論を導《みちび》いていた。

普通に殺せたら、どれだけ戦いやすいことだろう。そうも思った。なにしろ彼の背景には、グーテンベルク・ペーパーとその能力、チャイナの延命法と、様々な思惑《おもわく》がかかっているのだ。紙で首を斬《き》り落としたくなる衝動を、幾度も抑えた。

一晩に及んだ戦いは、ようやくクライマックスに到達した。

それは片方のハッピーエンドであり、片方のデッドエンドである。両者共に幸福な結末を迎えることはありえない。

運命が一度転び、王炎は本を手から落とし、右手を負傷した。その代償《だいしょう》に得られたものは、ファウストのネクタイの切れ端だけだった。

互いの首にナイフと紙をそれぞれ突きつけていると、頭上から運命がもう一度、転ぶ音が聞こえてきた。

「王炎様！」

それは、何者かの問いかけだった。皮肉にも、呼ばれた王炎よりファウストの方が反応してしまった。

コンマ一秒ではあるが、視線を上に向けてしまったのだ。

「……あなたの負けだ……」

王炎が静かにつぶやいた。

「?」

紙で首を斬《き》るような余裕《よゆう》は与えていない。そこまでファウストも愚《おろ》かではない。

もう一度、切羽詰《せっぱつ》まった声が投げかけられた。だが、先にこの戦いのケリをつけなければならない。

「王炎様!」

「……今一度、牢《ろう》に戻りなさい……あなたにはそこが、似合ってますよ」

「……どういう意味……」

ざざざ、と服の裾《すそ》がざわめいて、ファウストは初めて気づいた。二人の足下で、王炎の落とした本が開いていることに。

「!」

落とした瞬間、本は確かに閉じていた。頭上から声がかかり、ファウストがそこに視線を向けた一瞬に、王炎は足の先で本を開いたのだ。

喉《のど》にナイフを突きつけた姿勢で、ただでさえ、足下はファウストにとって見えにくい。視線が上に向かえば、完全に死角になる。その一瞬を奪った王炎の、静かな勝利だった。

風が吹き荒れ、地面が波打ち、すべてのものが大きく揺れる。ずらりと並ぶ石像も、シュールな彫刻のようにその姿を変貌《へんぼう》させていった。

「……おうっ……えんっ……」

一人、その風の影響を受けない王炎の前で、ファウストの顔が歪《ゆが》んだ。美しい顔が奇怪にねじくれて、王炎は心の隅で満足感を味わった。

周囲の光景、物体は嵐のように渦《うず》をまき、王炎の本に呑《の》み込まれていく。かつてヘイ・オン・ワイで、ピカデリー・サーカスで行われたように。

「……快適な眠りを約束しますよ。……安らかに、おやすみください……」

色の混じり合った風は黒い嵐になり、身を引いた王炎の前で渦巻いた。王炎は、その中のファウストを見極めようとするかのように目を細める。

「…………!?」

超高速で進む映像のように、乱れる風の中に、王炎は信じられないものを見た。

ファウストの笑顔である。

一瞬ではあったが、それは確かに笑みだった。自分が囚《とら》われの身となるのを前にして、浮かぶはずのない笑い顔だった。

「ファウスト…………!」

言葉を続ける前に、嵐は本の中に治まり、表紙が閉じられる。後はいつものように、色すら持たない白い円形が残されているだけだ。あたかも、爆心地であるかのように。

いや、もう一つ残されている。それは、王炎の心中の不安だった。最後の最後で、ファウストが浮かべたあの笑み。彼のことだ、それ自体がブラフであることも、十分考えられるが……夜を費《つい》やした死闘の締めくくりには、やけに歯切れの悪いものだ。

「おっ……王炎、さまっ……?」

おそるおそる、頭上の崖《がけ》から続く階段を伝って男が下りてきた。思えば彼の一言が、命運をわけたのだ。

「……ありがとう。おかげで助かりました」

血と傷にまみれてはいるが、王炎はいつもの口調、いつもの表情に戻っている。穏やかで、どこか寂しさを湛《たた》えたような、いつもの視線に。

男は王炎の能力を目の当《ま》たりにし、周囲を見回していたが、すぐに役目を思い出す。

「王炎様！　私は保安部の黄と申します！　つい先ほど、読仙社は外部からの襲撃を受けました！　襲撃者の名は、ジェントルメンにございます！」

黄の第一報を聞き、王炎の目が、すうっと細くなった。

黄は自分が見たもの、社内を走り回っている間に聞いたことを残らず話した。何度も息を詰まらせ、顔を紅《あか》くしながら一気に話しきった。

王炎は一度も口を挟《はさ》まなかった。

信じがたい話ではあったが、黄の口調には真実を見てきた者の迫力があった。なにより、真の恐怖は決して偽《いつわ》れないものなのだ。

それにしても。

ジェントルメン自ら、しかも若返って乗り込んでくるとは、英国は何を考えているのか？ 自分たちでもチャイナをロンドンに向かわせるような暴挙は冒《おか》せない。

「…………………………」

予想される答えは一つ。連中も、捨て身の攻勢に出たのだ。そうなると、今までの構図は変わる。攻守入り混じる噛《か》みあい、毟《むし》りあいだ。自然と視線が険しくなる。

「……王炎様。頭首様は……？」

黙る王炎に、黄が訊《たず》ねる。

「……五鎮姉妹が追っているはずですが……まだ、お戻りになっていません。こうなると、それが奇妙な幸いといえますね」

黄は、安心したように長い長い息をつく。

「……とにかく、中央に向かいましょう。おばあちゃんの留守《るす》に居城を荒らされては、読仙社末代《まつだい》までの恥《はじ》……」

立ち上がる王炎の手を、へたりこんでいた黄が掴《つか》んで止める。

「どうしました?」

「王炎様……お逃げください!」

見上げた黄の顔は、鬼気迫る決意に満ちていた。四天王《してんのう》の一人である王炎が、一瞬気圧《けお》されるほどに。

「逃げる……? なぜです。こうしてる間にも、仲間たちは次々に犠牲《ぎせい》になっている。駆けつけないわけには、いかない」

王炎の正論を、黄の言葉が地に叩き落とす。

「私は、直《じか》に見ました! ……あの男は、怪物です! 王炎様とて、歯が立つ相手にはございません!」

率直《そっちょく》すぎる物言いは、それだけに激しく王炎の胸に刺さる。

「遅ればせながら私がここへ参じた理由は、王炎様にお逃げいただくため。そして頭首様を見つけだし、無事にお連れいただくためにございます」

一語一語に、真剣そのものの熱が込められている。血を吐かないのが不思議なほどだ。

「そのための時を稼《かせ》ぐため、我らは既に犠牲《ぎせい》となる覚悟です。一同、口を揃《そろ》えて快諾《かいだく》いたしました。どうか、褒《ほ》めてやってくださいませ」

言葉もない王炎である。

「読仙社による新世界を、我ら天上から楽しみに眺めさせていただきます。……頭首様さえいらっしゃれば！　その夢は決して潰《つい》えません！　どうか！　どうか！　この場はお逃げくださ い！　皆のために！　頭首様のために！　おそれながら、それが王炎様の御役目に思いま す！」

頭を下げる黄を、王炎はじっと見つめている。

その時。風の中で、かすかな音が聞こえてきた。

聞いたことのない、獣《けもの》の咆哮《ほうこう》だった。誰かが、ジェントルメンの連れてきた怪物の犠牲《ぎせい》にな っているのかもしれない。王炎の胸を冷たいものが走る。

しかし、確かに、自分が読仙社の幹部ならば……やることは、一つなのだ。

今やファウストは、文字通り自分の手中にある。ジェントルメンに彼を渡すことは、すべて の終わりをも意味するのだ。

「…………………」

王炎はゆっくりと、口を開いた。

「…………わかりました」

「！」

顔を伏せたままではあったが、黄の驚きと喜びが伝わった。

「命にかえても、おばあちゃんを探しだし、取り戻し、守り抜きます」

静かだが、言葉の意味もそこに秘められた決意も重い。

「……ありがとうございます……これで皆、笑って……」

そこまでつぶやいて、黄は黙った。

「……黄さん……？」

王炎が手を置くと、そのまま横にばったりと身体《からだ》が倒れた。露わになった顔は赤黒く変色し、目からは血が流れていた。

しかし奇妙にも、その顔は満足そうに笑っているのだ。

王炎はその顔を、じっと見つめた。黄はまさに全身全霊で、自分のもとに報告に来たのだ。体力の一滴も残さずに。自分の背負った役目を、全うするために。なんと誇らしい仲間であることか。

同様の仲間が、山の向こうで戦っている。許されるのなら、すぐにでも馳《は》せ参じたい。共に戦いたい。

だが、自分には自分の役目がある。

チャイナを探し、安全なところまで護衛《ごえい》しなければならない。

「…………………………」

王炎は黒表紙の本を手に、身を翻《ひるがえ》した。

「……それまでは、二人旅ですね。……奇妙なものだ……」

投げかけられた言葉は、本の中にいる敵へのものだった。

幾ばくかの時を過ごして、結論が出た。

「……女の日記など、読むものではない……」

それは良きにつけ悪《あ》しきにつけ、男を変えることになる。
七、八〇〇冊に目を通して、ジェントルメンは一つため息をついた。文字を記した血は墨《すみ》になり、同時に匂《にお》いも希薄《きはく》なものとなっている。これ以上は、読む必要もない。
ジェントルメンは腰を上げ、螺旋《らせん》の棚《たな》に片足を乗せた。

「……………………ふんっ」

小さな意気込みと共に、足を踏み上げる。交互に交わる棚を踏みつけて、ジェントルメンは軽業師《かるわざし》のように螺旋を上っていった。

ビルほどもある高さを一気に駆け抜けて、頭上の穴から空に飛び出る。遙《はる》か下で、螺旋の棚が折れ、崩《くず》れていった。彼の脚力に耐えかねたのだ。

穴から岩肌に飛び降り、急な斜面を走り下りる。数日前、彼が車椅子《くるまいす》に座った老人だったと誰が思うだろう。それは誰にも、ジェントルメン自身ですら疑いかねない事実だった。

だが、残された時間はあとわずかだ。

ジェントルメンは、谷を一気に飛び越えて石畳《いしだたみ》の広場に着地した。

そこでは、彼が進化させた生物たちと、読仙社のスタッフが戦っている最中だった。

「！」

突然の出現に、男たちが目を見張る。その隙《すき》に何人かが、牙や爪《つめ》の餌食《えじき》となった。

ジェントルメンは血の香りを味わいながら、おごそかに言ってのけた。

「……わかっているぞ。あの女は、ここにはいないのだな？」

返事は無かったが、一部のスタッフに浮かんだ驚きの色がそれを確信させた。

「これだけ荒らされ、蹂躙《じゅうりん》されて、黙っているような女ではあるまい。……そんな女なら、あの時わしについて来たはずだ……」

言い聞かせるような、それでいて独《ひと》り言《ごと》のような呟《つぶや》きである。

その視線も、ずいぶんと彼方《かなた》に向けられている。まるでそこに、取り戻せない過去があるように。

「グーテンベルク・ペーパーも無いな……？」

魔法のように指の間に現れたのは、その紙片だった。ファウストが破き、河に放棄《ほうき》したものはスタッフによって回収された。その一枚は王炎の手に渡されたが、残りは図書館に運びこまれていたのだ。

この場に事態を掌握《しょうあく》している者はいなかったが、ジェントルメンは構わず言葉を続ける。どのみち彼らのような下《した》っ端《ぱ》に言っても仕方がない、これは言わば自分を納得させる宣言なのだ。

「……ファウストも、おらんな？　……あの小賢《こざか》しい小僧のすることだ、見当はつく……こうなったら、わしの手でヤツの頭を開いてやるしかないかな？」

紙片が風に飛んでいく。平静な口振りに、底知れない怒りが隠されている。

「と、なれば……わしはここには用が無いわけだが……」

びき、と樹が折れる音がして、思わず男たちが身をすくめた。いや、人間のみならず、ジェントルメンが進化させた怪物たちもが毛を立たせ、唇をまくりあげて唸《うな》っている。

それは、ジェントルメンが指を鳴らした音だった。骨折でもしたのかと疑うほど大きく、鋭く響いた。ふつふつと、彼の周囲の空気が変質していくのがわかる。

「困ったものだ……多少なりとも、暴れんことには気がおさまらんわ」

にんまりと浮かんだ笑顔を見て、怪物たちが一斉に逃げた。石畳《いしだたみ》を割って地に潜るもの、宙へと羽ばたくもの、とにかく脚を使って走り去るもの、様々である。

人間たちは、一歩も動かなかった。半分は勇気、残りの半分は恐怖の賜物《たまもの》である。

彼らは威圧《いあつ》され、同時になぜか彼の笑顔に惹《ひ》きつけられて、随意筋《ずいいきん》の一本も動かせないままに突っ立っていた。

「……動かんでいいぞ。……わしが行く」

ジェントルメンは、コートを脱ぎ捨てた。血で汚れ、背には穴まで開いている。替えを用意させなければなるまい。

「ミスター・ジョーカー……連絡が入っています」

青ざめたスタッフのうろたえた声で、ジョーカーはディスプレイから顔を上げた。米国大統領と会話中だった。

「後にしてくれませんか?」

中国への根回しに、大統領の力添えが必要なのだ。その交渉《こうしょう》に当たっていたのである。

現在、中国へは読子とナンシー、ドレイクのチームにジェントルメンまでもが潜入している。しかも各自が予定にない行動を執《と》っている。これ以上事態が混乱すると、本気で全面戦争になりかねない。周辺国も黙っていないだろう。

事態を収拾《しゅうしゅう》、せめて把握《はあく》するためには第三国の協力が必要なのだ。

「それが……ジェントルメン、直々の連絡で……」

ジョーカーは眉《まゆ》を押さえた。厄介《やっかい》な時に、厄介な相手だ。きっと厄介事を押しつけるつもりなのだろう。

しかし、その後でふと気づく。ジェントルメンは、通信機を持っていない。西安からの連絡も、一般の電話によるものだった。読仙社の位置を聞き、そこに向かうとだけ言い残して、一方的に切った。その電話のせいで、ジェントルメンの単独行動が特殊工作部に知れ渡ったのだ。当然、外部に漏《も》らさないよう箝口令《かんこうれい》はしいたのだが。

しかしまさか、読仙社の電話を借りてかけてきたわけでもあるまい……。

「電話ですか？　……ネット？」

怪訝《けげん》な顔のジョーカーに、スタッフは言いにくそうに答えた。

「……人文字、です」

監視衛星《かんしえいせい》サラマンダーがとらえた読仙社の画像は、凄惨《せいさん》を極めるものだった。

特殊工作部司令室の全面ディスプレイに映し出して、ジョーカーは思わず口を押さえた。女性スタッフの中には顔をそむけた者も多い。

岩畳《いわだたみ》の上に、死体が積まれている。それで上空から見えるように、文字が書かれているのだ。文面は「SHOOT　HERE!　ME　AND　ALL!（この場所を撃て。俺ごと撃て！）」というものだ。

非公開だが、サラマンダーにはレーザーの狙撃機能が備わっている。それを使ってのことなのだろうか？　しかし、なんの意味が……。

ジョーカーは頭に手をやった。思いっきりかきむしりたい気分だった。

血のメッセージの横で、ジェントルメンが岩に腰掛けているのが見える。仕事を終えた農夫のように、ぼんやりと景色を見ている。

「……本気、でしょうか……？」

「……正直、正気を疑いたい気分ですよ……」

小説や映画の中では、若返った老人は大抵羽目を外すものだ。そして手痛いしっぺ返しをくらう。そんな教訓を、頭の隅にでも置いておけないのか……？

ジョーカーは初めて、本気の憎悪《ぞうお》でジェントルメンを見た。疲労のせいもあったろう。睡眠不足のせいもあったろう。しかし彼の口を開かせたのは、真に向けられた悪意だった。

「……いいでしょう。お望み通り、お送りしなさい」

スタッフ全員が、一斉にジョーカーを見つめた。

「……彼がそうおっしゃってるんだ。我々に、なぜ迷う必要があります？」

タバコが欲しい。

ジェントルメンは、そう考えていた。どれだけ高みに上っても、人間の欲望は単純なものだ。「タバコを加えろ」そう人文字で書くには、あとどれだけ死体が必要だろう？

ジェントルメンは腰を上げた。この連絡は、一方通行なのが欠点だな。追加の死体を探しに行こうとした時、彼の頭上から光が降ってきた。

仰《あお》ぎ見ると、遙《はる》か上空から光の線が落ちている。その線は直径十数メートルもあるものだったが、見つめていると段々と狭まっていく。

「……なるほど。こう見えるのか。長生きはするものだな」

のんびりと言い放ち、ジェントルメンは光の焦点が絞《しぼ》られていくのを見ていた。

それはやがて、彼の目の前で細いスジとなった。

周囲を目映《まばゆ》く照らす大光量がまず、彼の周囲を襲った。わずかに遅れて、大音量がその場を支配した。

ジェントルメンはその直前まで、平然とした表情を保っていたが、最後の瞬間に眉《まゆ》をひそめた。

「……しまったな。……服の替えも、用意させるべきだった……」

その呟《つぶや》きは、大音量に消えて本人にも聞こえなかった。


広大な中国大陸において、それは髪の毛ほどにも感じられない、細い光だった。

しかし当然ながら、その一条の線がもたらした破壊と衝撃は、決して小さなものではない。

それを知ってか知らずかは不明だが、ジェントルメンが攻撃を命じたポイントの下には、読仙社の燃料貯蔵庫があったのである。

ハリウッドのアクション映画さながらに誘爆を起こした貯蔵庫は、地盤を崩《くず》し、地形を変え、爆炎と黒煙を撒《ま》き散らしたのだった。

特殊工作部の面々は、一応二弾、三弾の準備をしていたが、予期せぬ爆発に息をのみ、言葉を発するのも忘れていた。

たちまちサラマンダーの画像は黒煙で遮《さえぎ》られ、ジェントルメンの姿は見えなくなる。

「……ミスター・ジョーカー……」

スタッフが画像を見つめたまま、ジョーカーに声をかける。

「……次の指示を……」

ジョーカーも、ディスプレイを見つめたままだった。一瞬前の憎悪《ぞうお》は、胃の中で早くも重い後悔《こうかい》に変質しつつある。

各国への説明は〝誤射《ごしゃ》〟で済ませられるか？

「ミスター・ジョーカー。北朝鮮、韓国、日本から緊急通信が入っています」

ジョーカーは自らを戒めた。憎悪、怒り、激情で事態を判断してはいけない。たとえそれが絶対的な主人の命令でも。〝出世のチャンス〟だったとしても。


あるいはこの景観が出現した時、大地はこんな産声《うぶごえ》を上げたのではないだろうか。

読仙社崩壊《ほうかい》の轟音《ごうおん》は、広く、高く飛び散った。

それは、その場所に深く関わった者たちに別れを告げるようでもあった。長江に沿った各地で、彼らは時を同じくして振り返った。

最も近い場所で音を聞いたのは、王炎だった。

黄に請《こ》われて脱出し、一時間強も走っただろうか。十数キロは距離を稼《かせ》いでいるはずだった。一晩中戦った後である、疲れさえなければもっと走れたろう。

それが聞こえた時、王炎は河を渡る吊《つ》り橋の上にいた。

「…………………………」

ずうん、と重い音がして、空気がわずかに震えた。

目を細め、彼方《かなた》を眺めると、ほどなくして空に黒煙が上り始めた。

詳細まではわからなかったが、王炎は読仙社の壊滅を確信した。思わず手にしていた本に、力が入る。

「…………いや…………」

誰も見ていなかったが、王炎は首を横に振って自らの考えを否定する。

読仙社は滅んでいない。中国全土と、世界の各所にいるスタッフは健在だし、なによりもおばあちゃんがいる。

彼らに託《たく》した、黄たちの遺志《いし》もある。

そう、言わばこれは、新しい誕生なのだ。あの音は、新たな読仙社の産声《うぶごえ》なのだ。

そのために、一刻も早くおばあちゃんに合流しなければ。

王炎は橋の上を再度走り出した。

五鎮《ごっちん》姉妹は無事だろうか？　凱歌《がいこー》と連絡をつける手段を考えなければ。ファウストを尋問《じんもん》するには、なにが一番効果的か？

チャイナの痕跡《こんせき》を探しつつ、頭の中で様々に考えを巡らせる。だがしかし、彼にとって最も難しいのは、この問題だった。

次に読子に会った時、自分はどうすればいいのか？　どうするべきなのか？


「……なんだ、ありゃあ……？」

バカと煙は高いところに昇りたがるというが、はたして五人の中でいち早く黒煙に気づいたのは、帆《ファン》だった。

物見のために、樹のてっぺんに上っていたのである。空に届こうとする煙の線は、絵画に引かれた墨《すみ》の線のように不吉に見えた。

「なに〜？」

「なんですか？」

ひょい、ひょい、ひょいと薇《ウェイ》、琳《リン》、無言の静《ジン》が続いて枝に上がってくる。一人どんくさい茜は、ずっと下の幹に、コアラのように摑《つか》まったままだ。

「火事かな？」

なにかが燃えていることに間違いはない。しかしその方角と距離から、静が戦慄《せんりつ》すべき答えを弾《はじ》き出してしまう。

「……読仙社だ！」

周辺に、あれほど大規模な火災を起こすような施設は無い。

「ただの山火事じゃないかな〜？」

自分でそう言いながらも、薇の表情も硬い。

「山火事なら山火事で大変ですが……」

精一杯に冷静を保つ琳も、長姉と同じ結論を出していた。自然火災にしては、煙が黒すぎる。化学物質や燃料が混ざったドス黒さだ。投擲《とうてき》の文鎮《ぶんちん》を操る彼女は、人一倍目に自信を持っているのだ。

「ね〜、どうしたの？　なにが見えるの〜？」

一人、地上と幹の高さ一メートル付近で上下運動を繰り返す茜である。簡単に言えば昇れずにジタバタと足掻《あが》いているのだが。

「見たけりゃ上がってこいっ！　努力が足りねーんだ！」

黒煙が太くなるにつれ、姉たち四人の表情も険しくなっていく。

「……本当に読仙社だったら、帰ったほうがよくない？」

いつもキャラキャラと笑っている薇も、さすがに深刻な顔になってきた。

「でも、おばあちゃんはどうします？　まだ足跡一つ、見つかってません」

「そりゃあ………どっちにしたらいいんだろ？」

腕を組んで考える帆だった。他の姉妹たちが彼女の頭脳にまるっきり期待していないのは、悲しい事実だが。

こういう時の行動決定権は静が握っている。自然と、視線は彼女に集まった。

「………ね～……。仲間ハズレにしないでったら～」

樹の下から弱々しい少数意見が届く。四人は沈黙でそれに答えた。つまりは、黙殺した。

しばらく煙を見ていた静は、それが一向に衰《おとろ》えないことを確認し、結論を出した。

「……二手に分かれよう。帆、薇、茜はひき続き、おばあちゃんを探すんだ」

「わかった」

「おっけー」

「え～、今私呼んだ～？」

静は続いて、琳に向きなおる。

「琳は私と来い。川沿いに、一度読仙社まで戻る」

「わかりました」

「状況を確認したら、また合流しよう。いざという時の合図は文鎮で行う。油断するなよ」

三人が頷《うなず》く。他人が聞けば、あれほどチャイナ捜索にこだわっていた静が自分を〝帰宅組〟に振り分けるのは、意外でもあろう。

しかし妹たちにはわかる。静は状況を把握《はあく》次第、再度〝捜索組〟に復帰するつもりなのだ。

読仙社でなにが起こっているかわからない以上、自分が真っ先に飛び込むべきだろう。静はそう考える女なのである。琳を同行させるのは、自分に万一があった時に、彼女だけでも逃がして情報を届けさせるためだ。

一人で一番辛《つら》いところを背負ってしまう、そんな姉に薇などは「もう少し、ウチらに頼ってくれてもいいいんだけどー」とも思うが、そういう性分《しょうぶん》だから仕方がない。それが、静としては最も行動しやすいのだろう。

……それに、少なからず王炎の身を案じている部分もあるかもしれないし。

「行くぞ」

静の号令で、妹たちは樹を離れ、地面に降り立つ。幹にはようやく二メートルほどの高さに上った茜が、不格好にしがみついていた。

「なにやってる、さっさと来い」

自分の努力が無駄《むだ》だと知った茜は、頬《ほお》を膨《ふく》らませてつぶやいた。

「……私、きっと橋の下で拾われた子なんだ……」

「あ～、そうかもねー。だから一人だけ、胸が仲間ハズレなのかもねー」

ケラケラ笑い、傷つきやすい妹を軽くあしらう薇だった。

そして。

現在、中国大陸で最も探されている女、チャイナは——。

見る、知る、というより、感じていた。読仙社崩壊《ほうかい》の、空気を。

「…………………………」

「ちゃ……チャイナさぁん……」

奇岩が立ち並ぶ山中である。剝《む》きだしの岩肌は荒く、人の歩行を無慈悲《むじひ》にはねつける。しかし人間はたいしたもので、そんな土地にも水田を作っている。

一面には緑と水、そして岩の織《お》りなす、荘厳《そうごん》な景観が広がっている。

「………………」

「チャイナさんってばぁ〜……」

空気を探るチャイナに、息も絶え絶えで続くのはもちろん、読子である。

最初のうちこそ物珍しさに景色を眺める余裕《よゆう》もあったが、なにしろ歩き慣れない山中のことである。すぐに、チャイナに着いて行くのがやっとの状態まで弱まってしまった。

途中、民家を見つけて飯と水をわけてもらった。水田を作った農家の一つだった。時の流れから取り残されたような家の佇《たたず》まいに、読子は感動した。

米の飯は美味《うま》く、水は爽《さわ》やかだった。

文化は一つの尺度では計れない、としみじみ実感する体験でもあった。「これで本でもあればなぁ……」と考えてしまったのは、まさに煩悩《ぼんのう》のなせるワザであろう。少し反省はしたが、

「でも、本が無いと私生きていけませんから……」と開き直る。

チャイナは身軽に岩から岩へと飛び渡り、読子がえっちらおっちらと後に続くのをニヤニヤと見ている。

「紙があったら……飛行機で、ばびゅうんって……行けるのに……」

読子が今所有しているのは、ケースの中のわずかな紙と、『そばかす先生の不思議な学校』の本だけである。さすがにこの本をバラして使う気にはなれない。

かくして読子は文系ヒロインらしからぬ、自分の肉体のフル活用という状況に陥《おちい》っているのだった。

ここが神保町《じんぼうちょう》なら、書店街ならそう簡単にへばったりはしないんだけどなぁ。

そう思っていると、チャイナが立ち止まったのである。正確には止まって立った、というべきか。一足先に登っていた奇岩の上で、小さな身を伸ばした彼女は、汗だくでようやくたどり着いた読子を見ようともしなかった。

「……どうしたんですか……?」

はふー、はふー、と息をつきながら、読子が訊《たず》ねる。

「黙って……」

チャイナは目を閉じて、耳をすませた。

人影のない山中は、時折鳥の声が聞こえる程度だ。読子もつられて周りを見るが、特別に興味をひくものはない。

「…………………………」

長い沈黙の果てに、チャイナが目を開く。

「……失敗したわ……」

そこに現れたのは、ここ数日で初めて見る顔だった。

外観、言動から子供の印象が強いチャイナだが、今見せる瞳には鉄を灼《や》くような烈《はげ》しさがある。読子はそこから、自然とジェントルメンを連想した。

「……なにか、あったんですか？」

「さっき、戻っておくべきだった……。読仙社が、ぶっ壊されたわ」

「!?」

物騒なチャイナの言葉だが、二人を取り巻く自然はどこまでも静かだ。なぜ、チャイナにそれがわかるのか？

「聞こえたのよ。壊される音が。悲鳴が。炎が燃える音が」

言動は軽いが、チャイナは超感覚の持ち主だ。文字通り命を削《けず》って、その肉体の能力を押し上げているのである。

読子に聞こえない音も、彼女なら捉えられるのだ。

「でも、どうして……？」

「わからない……わかりたくないけど……見当は、ついちゃうのよねぇ……こんなコトができるヤツなんて、そうそういないもの……」

チャイナはやや東南の方角を見つめている。いや、睨《にら》んでいる、といっていい。

その怒りは無論、読仙社崩壊《ほうかい》を作った原因に向けられているのだが、彼女は自分も責めていた。朝、〝なにか〟を感じた時。自分の感覚に従うべきだったのだ。

「気のせいよ、たぶん」など、決して口にしてはいけない言葉だったのだ。それでどれだけの者が命を落としていったか、彼女は知っているはずだった。

肉体ではない。覚悟が衰《おとろ》えている——。

チャイナは心中で猛省し、口を開いた。

「読子ちゃん。河に出ましょう」

「えっ？ ……戻るんですか？」

〝約束の地〟を目指した道中だったが、どうやら状況が変わったようだ。読子としては、あまり好転は望めないが。

「……近づいてみる。状況を知るためにね」

「はぁ……じゃあ……えっと、降りますか……？」

チャイナの態度は静かだが、有無《うむ》を言わせない威圧《いあつ》感を伴っている。せっかく登ってきた岩だが、景観を楽しむ余裕《よゆう》もない。ケースを持っている読子としては、登山も下山も一苦労である。

「悪いけど。あんまりモタモタしてられないわ」

「しゅ、しゅみません……あの、先に行っていただいても……あ、そしたら私、きっと逃げちゃいますね？　チャイナさんとジェントルメンさんを会わせることもできないし……」

ジェントルメン、という名前にチャイナがわずかに反応した。わずかすぎて、読子には伺《うかが》い知ることができなかったが。

「だから、大サービス。読子ちゃん、お姫様ダッコって、されたことある？」

チャイナの質問は唐突《とうとつ》だった。読子は時間をかけて記憶を検索《けんさく》し、ぽっと頬《ほお》を染めた。

「ええ、まあ……私も女の子ですから……ちょっち、若い時に……」

「まあ。意外とやるわね、意外と」

「意外を強調しないでくださぁい……」

質問と同じく、チャイナは唐突に読子を抱えあげた。

「えっ？　ええっ!?」

当然ではあるが、チャイナは読子よりずっと背が低い。そんな彼女に抱き上げられると、根元的な不安感が発生した。

「あっ！　アブないですよっ！　私、こう見えてもケッコー重くて！　いや一応標準っぽいトコですけどっ！」

恥じらいのない抵抗に、チャイナの方が苦笑する。

「心配しないで、私に身をまかせなさい。……いいわね、行くわよ！」

「まだ返事してないんです、ぐぁーっ！」

チャイナは助走も無しに、岩から飛び降りた。風圧で、読子の髪の毛とコートがバサバサと翻《ひるがえ》る。

「あ、ほいっと」

チャイナは冗談のように軽い口調で、岩肌を蹴《け》った。たちまち軌道が変更され、二人の身体《からだ》が空間に踊る。

「なにぬね⁉」

驚いた読子が意味の無い声をあげている間に、断崖《だんがい》が迫ってきた。ほんの一秒も経たない間に激突するだろう。

「それっ、と」

チャイナはピザをひっくり返すような気やすさで、断崖を蹴り飛ばす。衝撃でボロリと岩が落ち、遙《はる》か下方へと消えていく。その反動で、二人の身体は再度宙に舞う。

そんなことを繰り返し、チャイナは山中を飛び駆けていく。

驚愕《きょうがく》すべきは、自分よりずっと大きい読子を抱えたままのその姿勢、その体力だ。改めて、彼女がジェントルメンに並ぶ〝人外《じんがい》の者〟であることが実感される。

読子はしばらく悲鳴をあげていたが、チャイナの
「あんまり暴れてたら、メガネとかケース、落としちゃうわよ」

の一言で、口をつぐんだ。

「もぉう、好きにしてくださぁい……」

という、あきらめの言葉を残して。

幽玄《ゆうげん》とした山景の中を、クモのようにぴょんぴょんと飛び移る二人の姿は、すぐに小さく、見えなくなった。


十数分の時間が経過しても、特殊工作部の司令室は静かなままだった。

倍率を調整しても、画面は黒煙で覆《おお》われ、地面の様子が見えないのだ。

「……私たちは……ジェントルメンを、殺してしまったんじゃ……」

誰にともなく、オペレーターの女がつぶやいた。

「……あくまで、指令を実行しただけだ……それは記録にも残っている……」

答える男のスタッフは、額《ひたい》にびっしりと汗をかいている。

室内の全員が、ジョーカーの指示を待っていた。だがしかし、ジョーカーは画面を凝視《ぎょうし》するだけだ。各国からの説明要請も、放ったままである。

「なぜだ……？　なぜあんな指令を……？」

自分がいる場所をレーザーで撃て、などという指令は自殺志願にも等しい。スタッフたちのような一般人には、理解不能だ。

「……浮かれているのですよ」

黙り続けていたジョーカーが、ようやく口を開いた。

「自らの肉体が、誇らしくてしょうがないのです。その力を、試したくてしかたないのですよ。……まるで、子供だ」

ともすればジェントルメン非難ともとれる言葉に、全員がジョーカーを見た。しかしそれは、彼の行動を納得させる唯一の説明でもあった。

「……ご覧なさい」

ジョーカーは、ディスプレイを指さし、自分にへばりついた視線を方向転換させる。

なにも変わらず、黒煙が映っている。いや、そこから触手が伸びるように、一本のスジが出てきた。

一つの生命体に、煙がまとわりついているのだ。地獄の釜《かま》にも等しいあの場所で、生き残ることができる者など他にはいない。

「ジェントルメン……！」

オペレーターが叫び、次に赤面した。悠々《ゆうゆう》と進むジェントルメンは、全裸《ぜんら》だったからだ。彼の頼もしい肉体は攻撃を退けたが、衣服はそうはいかなかったようだ。

だがしかし、真上から見てもその肉体の完璧《かんぺき》ぶりがわかる。しなやかに鍛《きた》えられた筋肉は、彫像のように美しい。それを鑑賞する生命体がいないのが、残念なほどだ。

煙に黒く汚れてはいるが、それでも肉の持つ迫力、優美さは失われていない。

強い者は、理由もなく美しい。

そんな言葉を、スタッフたちは実感していた。

ただ一人を、除いて。

「……誰か、ジェントルメンのために衣類を用意してください。先ほどと同じ格好で、結構でしょう。……手渡す方法は……なにか考えましょう」

指示を出すのは、もちろんジョーカーである。彼は仲間たちとは違った意味で、ジェントルメンの姿を見ていた。

なんだこれは。

まるでジャパンの怪獣映画ではないか。

……俺たちは、やはり怪物に仕えているのか？

ふと、ジェントルメンが顔を上げた。まるで、サラマンダーのカメラが見えているように。

データ化された視線があい、ジョーカーは身を震わせた。

怪物め。

河の流れに逆らって、岸を二つの影が駆けていく。

水面に映るその姿は、一瞬精悍《せいかん》な動物にも錯覚《さっかく》するほど速く、美しい。

五鎮《ごっちん》姉妹の静《ジン》と、琳《リン》である。妹たちと分かれて半日ほどだろうか、休みなく駆けどおしだ。

これが例えば茜《シー》なら、音《ね》を上げていたかもしれない。少なくとも、ペースダウンは否《いな》めないところだ。

静が琳を指名したのは、妹の中で一番冷静だからだ。

読仙社でなにが起きているかはわからない。危険なこともあるだろう。そこでもし自分が倒れたとしても、琳なら冷静に状況を把握《はあく》し、戻ることができるはずだ。この妹、冷酷《れいこく》ではない。あくまで冷静なのだ。そう知っているから、いざという時、自分は妹を守る、あるいは逃がすことに専念すればいい。

一方、冷静な妹としても、姉の分析《ぶんせき》内容に気づいてはいる。

彼女に言わせれば、他の妹たちとて同様だ。普段頼りない茜でも、いざとなれば自分のなすべきことを実行するだろう。

だから、姉の気遣《きづか》いが正直歯痒《はがゆ》くもある。

年齢に開きがあるわけでもないのに、姉というだけで一人責任を負おうとする必要はないのだが、とも思う。

静は静で、もう少し正直に、もう少し幸福になる権利がある。おそらくそれが、王炎との関係なのだろう。

「琳！」

先行していた静から、声が飛んだ。

「なにか来る！　構えろ！」

告げながらも、止まらない。背のホルダーに固定していた棒状《ぼう》の文鎮《ぶんちん》を抜き、槍《やり》のように構える。琳もそれに続き、細身で先を尖《とが》らせた文鎮を指の間に八本、挟《はさ》んだ。姉の攻撃を援護《えんご》できるように。

「動物じゃ、ありませんか？」

「違う！　人間だ！　手練《てだれ》だぞ！」

静の声が尖っていく。警戒心もそれにつれ、高まる。

耳をすませば、確かに岩を蹴《け》る音、木々の葉を揺らす音が接近している。なるほど、動物とは違う動き方だ。動物よりずっと、鋭い。

その動きが、反射から直線になった。相手も、自分たちに気づいたのだ。

「一瞬で決める！」

「はい！」

岩を踏み台にして、静が宙に飛び出した。木々の中を移動する影に向けて、棒を振り下ろす。そこに自分の、全体重をかけて。

「しぁっ！」

落下予測地点に、いち早く琳が文鎮を投げる。横と頭上、一方を避ければ一方に仕留められる。静の棒は長い、そう簡単には逃げられない。

だがしかし。

森の中に、異質な音が響き渡った。カツカツカツ、と硬質な音だった。

「！　紙!?」

そう、琳の文鎮をことごとく防いだのは、ばら撒《ま》かれた紙片だった。

「!?」

静が目を丸くする。振り下ろした棒が、黒く四角い物体でふわりと受け止められた。それは、黒い表紙の、何度となく見た本だった。

「…………王炎様!?」

紙と文鎮が、地面に落ちる。一拍遅れて、静が着地する。

はたして目の前に立っているのは、王炎だった。服は破れ、肌に傷も多いが、瞳はいつもと同じく、穏やかだ。

琳が駆けつけ、啞然《あぜん》としている静に代わって膝《ひざ》をつく。

「もうしわけありません！　私が敵と見誤りました！」

琳の声に、ようやく我に返った静が、なんとその場に正座した。

「ちっ、違いますっ！　間違えたのは、私のほうです！　……す、すみませんっ！」

せっかくの気遣《きづか》いが水の泡《あわ》だ。とはいえ、ここで腹芸《はらげい》ができる姉でもない。静と琳は、ひたすらに頭を下げた。

「すみません！　ごめんなさい！」

「……二人とも、立ってください」

投げかけられた王炎の言葉は、静かだが、深い。決して大声ではないのだが、二人の困惑を瞬時に鎮《しず》める力がある。

「……無事でよかった」

「……無事？」

安堵《あんど》にも似た表情に、静と琳は疑問を覚える。いくら敵が紙使いといえど、王炎に心配されるほどの相手とは思わない。……逃がしてしまったのは、事実だが……。

「あとの皆さんは？　おばあちゃんは、どうなりましたか？」

声に、微妙に緊張が混ざっている。静だけが、そのことに気づく。

「おばあちゃんは……まだ、救い出していません。……滝で、二人を見失い……残る三人が、捜索《そうさく》と追跡を続けています……」

正直に話す他はない。うつむきながらも、静が現状を報告した。

「……そうですか……」

「もうしわけ、ありません……我ら五鎮姉妹、これで済まされるとは思っておりません。おばあちゃんを奪回した後に、必ずやこの責任を……」

また自害などと言いだしてはたまらない。琳が慌《あわ》てて口を挟《はさ》む。

「王炎様。我ら、この件の報告と、読仙社に異状ありとの気配を見て、確認のために戻る途中でございました。しかし、王炎様はなぜ、ここに？」

琳の問いは、王炎の顔を曇らせる。

「……謝らなければならないのは、私のほうです。……読仙社は、壊滅いたしました……」

静と琳は、大きく目を見開いた。


ジェントルメンのこと、ファウストのこと、そして同胞《どうほう》たちのこと。

王炎の話は、信じられないことばかりだった。しかし冗談や酔狂《すいきょう》で、彼がここまで出向くはずはない。二人は黙って、ひたすらその説明を聞いていた。

「……こうなってみると、読子さんがおばあちゃんを連れだしてくれたのは、不幸中の幸いだったのかもしれません……」

静の、棒《ぼう》を握る手に力がこもる。わずかな変化ではあるが、琳は見逃さない。

「確かにまだ、中国、世界に支部はあります。スタッフもいます。しかし、読仙社の要《かなめ》はあくまでも、おばあちゃん。彼女を守り抜くことこそ、我らの使命。読仙社が生き残る、唯一の方法」

王炎は、胸に本を押しつけた。

「あのファウストも、今はこのとおり我が手中。彼に秘術を用《もち》いさせ、おばあちゃんの命を盤《ばん》石《じゃく》たるものにすれば、ジェントルメンなど恐るるに足らずです」

喋《しゃべ》っているうちに、黄の死に様が思い出される。

「……それが、志半《こころざしなか》ばにして果てた同胞《どうほう》たちの想い、願い。それを果たさねば、到底彼らに顔向けなどできません……」

「王炎様……」

静が、潤《うる》んだ目で王炎を見る。彼の言葉に、感動しているに違いない。

琳は今少し冷静だが、自分たちの置かれた状況はわかる。それは決して楽観的なものではない。自分たちは不在にして、死からは免《まぬが》れたが、生き残った者としての使命は重く、肩に積み上げられる。

「……行きましょう、おばあちゃんを探しに。私も同行します」

岩から立ち上がった王炎が、眉《まゆ》をしかめた。ファウストに切られた腕の傷が、痛んだらしい。走っている時は感じなかったが、弛緩《しかん》の隙《すき》をつかれたか。

「王炎様!?」

静がハンカチを取り出した。イメージとはほど遠い、文房具のイラストが入った可愛《かわい》いデザインだ。三角定規《じょうぎ》やペンが、音符《おんぷ》にあわせて行進している。

琳が驚いている間に、静は王炎の傷にそれを巻き付けていく。

「いけません、汚《よご》れます……」

「いいえ！　汚《きたな》くなんかありません！　読仙社のために、負った傷ですっ！」

「………………」

押し切られ、ほどなくして、王炎の腕にはハンカチの包帯が巻き付けられた。

「……ありがとう、ございます……」

「いいえ……」

初々《ういうい》しい、というべきか。一昔前の少女小説を地《じ》でいく姉に、琳は戸惑ってしまう。じつはチャイナも、この二人のやり取りには〝ついていけない〟ものを感じているのだが、今の彼女には知る由《よし》もない。

「出発しましょう。エスコートしてくれると、有り難い」

「文鎮《ぶんちん》、使います？」

琳が静に訊《たず》ねる。分かれる前に決めていた、合図のことだ。

「……もう少し、先に進んでからにしよう。ジェントルメン……のヤツが追ってくると厄介《やっかい》だし、三人をこちらに引き戻したくない」

静の言葉に、琳は頷《うなず》いた。

よかった。どうやら姉は、冷静さを取り戻したようだ。

「迷った時はな、まず原点に戻るんだよ。スポーツ選手だって芸術家だって、スランプになったら〝初心に帰れ〟って言ってるだろ?」

「言ってるの～……?」

「さぁね、アハアハハハハ」

帆《ファン》、茜《シー》、薇《ウェイ》の三人は、読子たちを見失った滝に来ていた。目前には五人で乗ってきた舟が岸に繋《つな》がれている。

一応、二番目の姉である帆は、精一杯の〝お姉さん風〟を吹かせるが、今一つ説得力に欠けている。

「言ってんだよ! ……そこでだ! あのメガネとおばあちゃんみたいに、滝から落っこちたら、どこまで流されたかわかるんじゃないか、って思うんだよな」

「………………………」

「………………………」

二人の妹は黙りこんだ。間違ってはない、間違ってはいないが……さすがに一人、孤高のバカ女組に君臨《くんりん》する帆だ。考えることがシンプルかつ豪快である。

「……それって、誰がするの?」

「そりゃあ、言いだしっぺの帆ちゃんでしょー」

非情な薇の指摘に、帆が思わず後ずさる。

「なっ、なんでっ⁉　あたしにもしものコトがあったら、誰が姉としてみんなの面倒を見ればいいんだっ⁉」

「静ちゃんがいるから平気ー。あははははー」

「……っていうか、もしものコトが、あるの～？」

三人は改めて河を見た。

どうどうと、水しぶきを上げながら流れが落ちていく。

「…………………ないっ！」

汗の雫《しずく》を額《ひたい》に乗せて、帆が嘘《うそ》をつく。

「じゃあ、帆ちゃんでいいじゃん～」

「いやっ、そういうワケじゃっ！　……あ、なんだ、オマエたちっ！　ひょっとして怖いんだろ！　この臆病者《おくびょうもの》がっ！」

「うん、こわーい」

「…………………こわい……」

笑顔と怯《おび》え顔で素直に認める妹たちに、帆はどんどん追い詰められていく。

「そっ、それでいいのかっ⁉　あたしたちは、今までなんのために訓練してきたんだっ⁉」

「滝から落ちるためじゃ、ないと思う〜……」

「雑伎団《ざつぎだん》じゃ、ないもんねー」

リーダー的威厳《いげん》が、みるみる失われていく。帆は、集団をまとめることの難しさを、身を以《もっ》て知っていた。静やおばあちゃんは、偉大だなぁ。

「こんなことしてたら、時間がもったいないよー。他のとこ、探しに行こ」

「そうだね」

茜を伴《ともな》い、薇が歩きだそうとする。名案、と思っていたアイディアをすげなく却下《きゃっか》されて、帆が大声を出した。

「あっ、おまえらっ！　姉の言うことが聞けないのかっ。千里《せんり》の道も初めの一歩、初心を無視すると初心に泣く羽目になるんだぞっ！」

「時間のムダムダ。おばあちゃんでもないとそんな滝、無理無理」

本気で薇が森の中に向かおうとした時。

空の一角から、空気を裂《さ》く音が聞こえてきた。それは、なにかの落下音だった。

「？」

三人が振り向くと、岸に繋《つな》がれた舟の一隻《せき》に、大きな影が降り立った。いや、その言い方は適当ではない。言葉通り、それは一直線に落下してきたのだ。

「！」

その衝撃で、舟が木っ端微塵《こっぱみじん》に砕《くだ》け散る。しかし、落下してきた影は再度空に飛び上がり、短い放物線を描いて岸に着地した。

「…………今、あたしのこと、話してた？」

影の正体は、読子を抱えたチャイナだった。

「おばあちゃん！（やん〜……）」

三人の声がハモる。ほんのわずか、茜が遅れたのが惜《お》しいところだ。

読子はと言えば、ジェットコースターに連続して乗ったように、半分意識を失いかけている。あうあうと口を開閉しているが、言葉らしきものは出てこない。

「いぇいっ」

チャイナはぐいっと親指を立てると、読子を地面に置いた。

「！　わぁっ、地面だっ……！　あ〜……地面はいいです、すばらしいです……」

意識を取り戻した読子が、地面に頬《ほお》ずりする。

「なんだこいつ？　変態だったのか？」

「きもーい。こわーい」

は、と我に返った読子は、そのままコソコソと地面を這《は》い、逃げようとする。

「往生際《おうじょうぎわ》が悪いったら」

チャイナは容赦《ようしゃ》なく、コートの裾《すそ》を踏みつけた。

「びぎょへ！」

倒れた読子の前に、帆が仁王立《におうだ》ちになる。

「……よくも、手こずらせてくれたなぁ……おかげであたしはみんなにバカ呼ばわりまでされたんだっ！」

思わず手で頭を押さえる読子だった。

「なんだかわからないけど、すみませぇん……」

「そのメガネさんと、帆ちゃんがバカなのは関係ないと思うけどー」

薇がチャイナの全身を見る。ケガはどうやら無いようだ。

「ご無事みたいで、なによりー」

さすがに飛びっぱなしは疲れたか、チャイナは首を鳴らして答えた。

「まあね。……でも、もうトシだわ。読子ちゃん一人で、けっこー疲れちゃった」

少しだけ、年寄りくさい部分が見えてしまった。薇は追及せず、茜を見る。

「茜ちゃん。おばあちゃんを見つけたって、静ちゃんたちに教えて」

茜は頷《うなず》き、亀のように背負っていた丸文鎮《まるぶんちん》を地面に置いた。

三人で駆けているうちに、琳は気がついた。さりげなく、王炎が静を庇《かば》っていることに。静が先導しているのでわかりにくいが、移動が難しい足場では、先に飛んで危険を確かめる。崩《くず》れそうな崖《がけ》では横に回って落石を注意する。

なおかつ、足運びを調整しながら自分にもそういう配慮《はいりょ》をしてくれる。

なるほど、静が好きになるのもわかる。

森を抜け、岩場を渡り、小高い丘の上に到達した時。

「…………………！」

静が突然立ち止まった。自然と、王炎も琳もその場に止まることになる。

「どうしました？」

琳は、その理由を知っていた。彼女も、その音を感じていたからだ。

「琳！」

疲れも吹き飛ぶ笑顔で、静が振り向く。

「合図だ！　おばあちゃんが、見つかったぞ！」

突きだした静の棒《ぼう》が、ウンウンと音を立てている。共鳴だ。琳の文鎮《ぶんちん》も、同じ反応を示していた。どこかで、姉妹の誰かが文鎮を叩いている。それに、二人の文鎮が応《こた》えているのである。これが、五鎮姉妹の文鎮秘技、〝文鳴流《ぶんめーる》〟であった。

上海《シャンハイ》。

かつて〝魔都〟〝東洋のパリ〟〝悦楽《えつらく》の都〟と称されたこの街は、いまや世界に冠たるコスモポリスとなっている。

前世紀初頭の香りを放つ摩天楼《まてんろう》、アール・デコの飯店、ホテル、領事館。

そして一九八五年の浦東《プートン》新区開発プロジェクトによる、近代高層ビル群……。それらが混在する街の景観は、一種独特な優美さにあふれている。

東シナ海にて、読仙社と思わぬ接触を持ったドレイクのチームは、今そこに上陸していた。無論、原潜《げんせん》ヴィクトリアスは沖に潜行したままだ。ドレイク、グロリア、ウォーレン、フィ、ドナルド、そして彼らの潜水艦に〝無賃乗船〟してきたナンシーの六人がボートでやって来たのだ。チームのメンバーはあと六人いるが、彼らは状況の変化と凱歌《がいこー》が使用した〝紙ワザ〟の痕跡《こんせき》を見て契約破棄《はき》を申し出、艦内に残った。別段臆病《おくびょう》なわけではない。未知の脅威《きょうい》に慎重であることも、優れた傭兵《ようへい》の条件だ。

事態は混乱の一途《いっと》をたどっていた。

彼らの遭遇《そうぐう》した読仙社の原潜、頂《ディン》一号は、魚雷発射の直後に攪乱《かくらん》物質を撒《ま》き、そのまま何処《どこ》かへと消え去った。おそらく、他国の干渉《かんしょう》を警戒して、あえて追撃を避けたのだ。

一人、そこから脱出してきたナンシーは、読子と行動していたエージェントであることが判明。そのままドレイクチームに同行することになった。疲労と睡眠不足と空腹を訴えたが、心身に異常は無かった。

ここで、ジョーカーからの指令が止まった。

「上海にホテルを用意します。そこで待機してください」

という一文を最後にして。

指定された場所は、ホテルというよりは別荘に近いものだった。実際、最近までとある不動産屋の別荘そのものだったらしい。イギリスのカントリー・ハウスを模倣《もほう》したその建物は、東、西洋の混合であるドレイクたちを丁重に迎え入れた。

「読仙社の場所は、衛星で確認できたんだな？　じゃあなんで、そこへ行けないんだ？」

強面《こわもて》のドナルドが、口を尖《とが》らせて質問してくる。

「上からストップがかかってる。……別働隊《べつどうたい》が、先行してるらしい」

「別働隊？　そんなの聞いてませんよ！　僕ら、ナメられてるんですか!?」

フィはチームで一番若く、顔に幼さが残っているが、一番熱くなりやすい。

「まあ落ち着け。いいじゃないか、そっちが動いてくれるなら、俺たちの仕事は楽になる。ギャラは、契約通りもらえるんだろ？」

ウォーレンは、垂れ気味の目で物腰も柔らかいが、報酬《ほうしゅう》に関しては決して引かない。一言で言うと、抜け目のない男だ。

「それは必ず払わせる。……だが正直、連中も混乱しているようだな。一体、どんな別働隊を送ったんだか……」

ドレイクもまさか、その人物がスポンサーの頂点とは想像できないだろう。

「なに？　じゃあ、あのザ・ペーパーってコは助けなくていいわけ？」

男たちに負けない二の腕を持った女、〝歩く息子溺愛機《できあい》〟グロリアは、テーブルに用意されたミネラルウォーターを一息で飲み干した。

「……これ、ウイスキーかと思ったら水じゃないの！」

「普通、水だと思え！　……最終的には誰かが助ければいいんだ。そう指令されたら教える。今は静かに待機しろ」

ロビーの隅にはピアノも置かれている。週末を過ごすには優雅なホテルだが、傭兵《ようへい》たちには違和感のほうが大きい。喧噪《けんそう》と安酒とそこそこに〝喰える〟メシさえあれば、そちらのほうが有り難いのだ。

「……あんたが一番、苛《いら》ついてるみたいだけど」

「そうだな。いつもより一分間あたり六回、瞬きが多いぞ」

「ドレイクさん、言いたいことがあるなら言ってくださいよ！　僕でよかったら、相談に乗りますから！」

「午後九時以降、一度で五〇ドル支払うんなら、俺のペルー式マッサージで身体《からだ》をほぐしてやるぞ？　それ以上はマケられんがな」

飛び交う軽口に、ドレイクが額《ひたい》に皺《しわ》を寄せる。

「俺は普通だ！　いつものドレイクだ！　見ろ！」

突きだした湯飲みには、用意させた日本茶が注がれている。

「……いつもの通り、茶柱《ちゃばしら》が立ってない」

「チャバシラってなに？」

「日本の言い伝えですよ。それが立ってると運がいい、って言われるんです」

フィの説明を聞いて、グロリアが頬《ほお》を押さえた。

「知らなかったわ！　早速《さっそく》ジョナサンに、チャバシラを一トン送らなきゃ！」

「立たないと意味が無いんだぞ」

「おいグロリア、俺の知り合いに密売屋がいるんだが、そいつにまかせりゃちょいと割り引きがきくぜ。なぁに、おまえと俺の仲だ。手数料は五％で十分だよ」

この連中が、任務になると冷静かつ正確に相手を倒していくのだから、神様もずいぶんと偏《かたよ》った仕事をしたもんだ。そう思いながら、ドレイクが日本茶をすすると。

かつり。ロビーの入口で、足音がした。

「！」

チームの全員が、抜いた銃をその方向に向ける。一糸《いっし》乱れぬ動きだった。

「誰だ!?」

従業員には、入室の際はノックするように注意していた。はたしてそこに立ち、両手を上げていたのは、見覚えのない小男だった。白人だ。

「撃つな！　撃つな！　撃つな！」

よくもこれだけ小さいサイズのスーツがあったものだ、と感心させられる。しかしネクタイの上に乗っている顔は、きちんと四〇過ぎ程度の老け具合だ。

銃を向けたまま、ドレイクが誰何《すいか》する。

「誰だ、おまえは？」

「アローンだよ！　呼ばれてここに来たんだ！」

「誰か呼んだか？」

チームの四人が一斉に首を振る。もちろん、銃は構えたままで。

「……ごめんなさい。呼んだのは、私」

反対側の入口から、ナンシーが入室してきた。全員が反応できなかったのは、気配も物音も無かったからだ。

物質に潜行し、すり抜ける――。それがエージェントとしての、彼女の特殊能力である。ウォーレン、フィ、ドナルドはヴィクトリアスの中で、それを目の当《ま》たりにしている。

なるほど、確かにこれほど潜入に便利な力も無いだろう。

「ナンシー！　生きて会えたとは嬉《うれ》しいぜ！」

アローンは顔の下半分を口にして、笑った。作り物じみた外観は、ドラッグストアのマスコット人形のようだった。

「知り合いか?」

「ええ。ここで使ってる情報屋よ。調達もするけど」

「……勝手なマネは、避けてほしいもんだがな」

ドレイクの合図で、ようやく全員が銃を下ろした。

「ごめんなさい。……でも、連絡して五分も経ってないのよ。今から説明しとこうと思ったの」

アローンは顔の下四分の一を使って、愛想笑いを作った。

「迅速《じんそく》商売が俺のモットーだ! 情報は鮮度が命だからな! あんたらも、困った時はアローンによろしく!」

その背丈《せたけ》とよく回る口に、ドレイクは軽い既視感《きしかん》を覚える。

「……おまえ、マニラに兄弟がいないか?」

「あたしもそう思ってたとこ」

グロリアが、相槌《あいづち》をうつ。

「ん? なんだなんだ? 俺は一人っ子だぞ?」

聞けばアローンは、チップを払うのが嫌で、従業員に見つからないようにこっそりと侵入してきたとのことだった。

「不用意だな。撃ち殺されても文句は言えんだろ」

「ああ。おかげでしょっちゅう銃を向けられる!」

それでも直そうとしないのだから、ある意味根性が据わっているのかもしれない。

ドレイクの矛先《ほこさき》は、改めてナンシーに向かう。

「誰かを呼んだりする時は、俺に許可を求めろ。厄介事《やっかいごと》になるのはまっぴらだぞ」

「あら? ……私はあなたの部下じゃないわよ。私のスポンサーはあくまで、ジョーカーだったと思うけど? ……でもまあ、心配しないで。この人が厄介事を起こすようなら、私が自分で始末するから」

すました顔で答える。一方のアローンは、肩をすくめた。

「おいおいおい、そんな信用ない商売を俺がしたことあるか?」

やはり俺は女運が悪い。ドレイクの胸中をそんな考えがよぎる。……あきらめよう、仮にもジョーカーが雇った女だ。一筋縄《ひとすじなわ》でいくわけもないのだ。

ウォーレンたちは、やや憮然《ぶぜん》とした顔で椅子《いす》に座り直した。

「アローン。あんた、絶対に立つチャバシラを用意できる?」

グロリアの注文を理解できず、アローンが眉《まゆ》をしかめる。

「おいグロリア。俺のルートのほうが安いって。……わかった、手数料は四・五%でいい。これなら文句ないだろ」

傭兵《ようへい》たちの空気が元に戻ったのを見て、ナンシーが切り出した。

「アローン。例のもの、持ってきてくれた？」

三〇分が経過した。

アローンがホテルを出て行った後、ドレイクはナンシーの部屋のドアをノックした。

「どうぞ」

部屋の鍵《かぎ》がかかっていない。不用心な女だ。

「ジャマするぞ」

しかめつらで、部屋に入る。特に機嫌が悪いわけではない。顔のバリエーションが、あまり無いのだ。

「……………………!?」

ところが部屋に入るなり、その表情は大きく変わった。驚きに口が開き、目の下はほんのりと紅《あか》く染まったのである。

部屋の中にはナンシーがいた。彼女は下着姿でヴィクトリアスに逃げ込み、以降は特殊工作部の女性用制服を着ていた。つまりは読子と同じ服装である。

しかし今、目の前に立つ彼女はボンデージじみたスーツを身にまとっている。材質はレザーか、ゴムか、それ以外かは不明だが、黒の光沢《こうたく》が悩ましい。ウェスト周りや脇にはサイズ調整のバックルが散りばめられ、それがまた銀色のアクセントになっている。

別れたとはいえ妻も娘もいるドレイクだ、中学生のようにその姿態《したい》に興奮することはないが、わずかな戸惑いは抑えられない。

「なんて格好してるんだ、おまえっ!?」

「これが本当の仕事着よ。潜るとき、抵抗が少ないの」

アローンに頼んでいた、潜入工作用のダイブスーツである。以前、工作活動で上海を訪れた時、予備として発注していたのだ。事態が急転したため、引き取る前にこの地を離れることになったのだが、こんな形で役に立つとは。

「やっぱり、こっちのほうがいいわ。制服は野暮《やぼ》ったくて」

ウェンディや読子が聞いたら、なにか抗議を述べることだろう。ドレイクは気づくわけもないが、以前のスーツとはデザインが大きく異なっている。

前のスーツも気にいっていたのだが、今はどこにあるのかもわからない。読仙社が保管しているか、さっさと捨ててしまったか……。

「………………………」

凱歌の生気のない瞳を思い出すと、背に冷たいものが走る。

「お返し、させてもらわなきゃ……」

ベッドには、アローンから買った銃が並んでいる。スーツに負けない黒光りを見て、ドレイクはどうにか顔を常態に戻す。

「……そのことで、ちょっと話しておきたい。俺たちと行動を共にするなら、チームワークに参加しろ」

「……私のチームワークの相手は、一人だけよ」

脚を蹴《け》り上げ、腰を捻《ひね》り、スーツの伸縮《しんしゅく》具合を確かめる。悪くない。

「参加できないなら、別行動を執《と》ってもらう」

「ジョーカーにそう、お願いすれば？」

特殊工作部からの連絡は、以前として待機状態にある。ドレイクは大きく息を吐いた。

「俺たちの仕事は、読子をサポートすることだ」

「……私もよ」

ナンシーが、ドレイクに向き直る。

「あの子は、無事なの？」

あの子、という言い回しが不自然に聞こえない。読子は、この女とどんなやり取りを交わしたのだろう？　……まあ、いつも通りのものなのだろうが。

「現在は、消息不明だ。だから待機状態になってるんだろう。……あんまり死んでるようには思えないがな」

「……同感だわ。でも、苦しい目にあってるかもしれない。なら、助けに行かなきゃ」

その時、ふ、とナンシーの目に流れた影を見て、ドレイクは気がついた。

こいつは、俺と同じだ。

あいつのことを、心配している。

口で突っ張ってはいるが、消息不明の読子のことを気にしているのだ。そして突然情報の範囲外に置かれて、苛立《いらだ》ちが抑えられない。

傭兵《ようへい》も、雇われエージェントも、結局は金で動く。ナンシーは一度読仙社に拘束《こうそく》され、あわや命を失うところだった。契約解除を申し出ても不思議ではない。いや、そうするのが普通だろう。

しかし、新たに装備を整え、覚悟を決めている。

「…………………………」

正直、好きになれない女だと思っていたが、そう考えると不思議な親近感がわいてくる。まだまだ、心を開くまでには至らないが。

「……準備が終わったら、ロビーに来い。敵方の情報を聞いておきたい」

ドレイクの言葉に、ナンシーが意外そうな顔をする。

「いいけど。〝チームワークを乱す〟んじゃない？　私は協調性のない女よ」

つい、苦笑してしまうドレイクだった。

「連中も、似たようなもんだ。……ついでに、俺たちがサポートするのがどんな女か、説明してやれ。俺はどうも口下手《くちべた》でな」

ドレイクを見つめていたナンシーも、苦笑する。

「迷惑、かけられてるのね?」

「おまえと同じだ」

「でも、ほっとけないのね?」

「…………仕事だからな」

妙な居心地《いごこち》の悪さを感じ始めて、ドレイクはドアに向かった。しかし途中でふと思い立ち、振り返る。

「その服は、着替えてこいよ! ドナルドにとっちゃあ、目の毒だ!」

自分の豊かな胸元を見下ろして、ナンシーが笑った。

「なに、今さら。潜水艦に飛び込んだ時は、下着だったのよ」

「……あいつは、〝そういう服〟にしか反応しないんだ」

一言言い残して、ドアを閉める。

まったく、難儀《なんぎ》な連中ばかりが揃《そろ》ったものだ。


「……ご無事で、なによりです……」

茜が、文鎮《ぶんちん》を銅鑼《どら》代わりにうち鳴らして数時間後。静、琳のみならず王炎までが駆けつけた。彼らは彼らで、読子が一緒《いっしょ》にいることに軽く驚いたが、事情を聞いて、

「おばあちゃんを相手に誘拐《ゆうかい》なんて、最初っから無理だったんです」

と琳が一言で片づけた。とりあえず、自分たちの不手際《ふてぎわ》はおいといて。

王炎は、岩の上で胡座《あぐら》をかくチャイナに深々と礼をする。

「あたしの方はね。……それより、ウチのことを教えて。……王炎ちゃんまで出てきてるってコトは、タダゴトじゃないんでしょ？」

王炎は、言葉を選びながら、自分が知りうる事態を説明した。〝ジェントルメン〟の名前が出た時は、帆や薇、琳に読子までもが声をあげる。当のチャイナは、冷静にそれを受け止めた。やはり、自分の直感は当たっていた。

「でも……ジェントルメンさんは、車椅子《くるまいす》が無いと外にも出られないんですよ？　読仙社で暴れるなんて……別人じゃ、ないんですか？」

近来のジェントルメンを一番知っているのは読子だが、それだけに想像しにくいものがある。一人で読仙社のスタッフを相手にし、壊滅させるなどとは……。

「おまえは黙ってろ！」

帆が怒鳴《どな》った。幼少の頃より育った読仙社を破壊され、改めて怒りがこみ上げてきたのだ。口には出さないものの、それは他の姉妹も同感だった。

「……あいつ以外に、心当たりはあるの？　大英図書館には、そんなにケタ外れのエージェントがいるワケ？」

むしろチャイナの静かな口調が、読子を黙らせる。考えてみれば、この場は自分以外の全員が敵なのだ。

「……しかし、ご安心ください。……グーテンベルク・ペーパーは失ったものの、ファウストはこの本の中に封じてあります」

王炎が、黒表紙の本をチャイナに見せる。読子も思わず、それを見つめてしまう。

「一夜、手合わせをしましたが。奴は如何《いか》なる能力も使いませんでした。それを使う術《すべ》が奴にないのか、交渉《こうしょう》に使うつもりなのかはわかりかねますが……時とお許しさえいただければ、私が必ずや、聞き出してみせます」

横で見ていた静ですら、一瞬目を疑った。王炎の顔が、瞬時に冷酷《れいこく》に染まったのだ。まさに読仙社のためなら命を落とすことも厭《いと》わない、四天王《してんのう》の表情だった。

チャイナが、正面から彼の顔をとらえる。

「…………………………怖い顔になってるわよ、王炎ちゃん」

ふっ、と肩から力が抜けた。

「そんな顔をさせるために、育ててきたんじゃないんだけどな」

「お言葉ですが。……あの地に果てた同胞《どうほう》は、皆すべてあなたと、読仙社による世界の平定《へいてい》を望んでいました。……この王炎、未熟ながらそれを託《たく》された責があります」

王炎の態度も、口調も、重い。チャイナの言葉にも変わるところはない。読子はまるで、武《ぶ》侠《きょう》小説の一場面を見ているように錯覚《さっかく》した。

「気持ちは嬉《うれ》しいわ、気持ちはね……」

チャイナが、王炎の本を手に取る。

「……でも。それはあんたたちの問題よ」

「！　頭首⁉」

読仙社の全員が耳を疑った。構わず、チャイナは言葉を続ける。

「あたしが、あんたたちに乞《こ》われるままに世界を作り直したとしても、できるのはジェントルメンのと同じ世界だわ。アタマをすげ替えるだけじゃ、意味がないのよ」

チャイナの声は少女のままだが、その場の全員を諭《さと》すだけの度量《どりょう》が聞き取れる。

「言ってきたでしょう？　あんたらは、どんなに苦労してもあんたらの世界を作らないといけないの。あたしやあのバカに、頼っちゃいけないのよ」

手の甲で、本をぽんぽんと叩く。閉じこめられた〝彼〟にも、聞かせているかのように。

「あたしはこれを、そのために使ってほしいの。どうするべきかを、考えてほしいの。そこから〝成長〟ってヤツが始まるのよ」

「……………………」

読仙社の面々は、押し黙った。今までにも幾度となく、問いかけられてきたことだ。しかし、現状を考えるとこの場ですぐには頷《うなず》けない。なにしろその決断は、他の読仙社スタッフの命運、人生も左右するのだから。

しかし一人、チャイナの主張を新鮮に受け止めている者がいた。

「…………わっ⁉」

話し終わったチャイナが、読子を見て驚きの声を出す。読子はメガネの下から、だばーと涙を落としていた。

「おぐおぐっ……チャイナさん！　私、感動しました！　……感動しすぎました！」

全員が、読子に向き直る。

「いい話じゃないですか！　それ、ジェントルメンさんに聞かせたら、きっとわかってくれますよ！　誤解もとけますっ！　世界は一家、人類は皆兄弟ですもの！」

標語の教えが、この二人に当てはまるのかは、はなはだ疑問である。

「話し合いですむんなら、こんなことにはなってないっ！」

「やってみないとわかんないです！」

帆の反論を、読子が打ち消す。その勢いに、五姉妹は目を丸くした。

「……チャイナさん、争いは嫌いなんでしょう？　だったら、話しあいましょう。これ以上犠《ぎ》牲《せい》が出ないなら、そのほうがいいに決まってるじゃないですか！　ロンドンも、読仙社も、もう十分傷つきました。言葉を使って、仲直りができるなら、努力しましょうよ！」

読子の熱弁を、唖《あ》然《ぜん》とした顔で五鎮姉妹が聞いている。王炎は平静だが、反論もしない。彼はチャイナの判断を、待っているのだ。

「私がなんとかします！　ジェントルメンさんに、お願いします！　話し合ってくれるように、頼んでみます！　ファウストさんのことだって……そりゃ、罪は償《つぐな》ってもらわないと困るけど……話し合えば、絶対になんとかなるんです！　だって、言葉はそのためにあるんじゃないんですか⁉」

はぁはぁと、涙に濡れた顔で読子が息をつく。たった一人、大英図書館側の主張は終わった。読仙社側は、全員がチャイナの決断を仰《あお》ぐ。

「……その話……」

区切られたセリフに、読子はぐ、と息を呑《の》んで緊張した。

「……半分だけ、ノったわ。読子ちゃん」

「はんぶん……？」

読子のみならず、その場の一同が頭上に疑問符を浮かべた。

「……これ以上、犠牲を出したくないのは同感よ。だから、ケリをつけようってこと」

「おばあちゃん……？」

王炎が、いち早くチャイナの覚悟に気づいた。

「読子ちゃん。あなたを解放するわ。だから、あの男に伝えて。……〝約束の地〟で待ってるわって」

「〝約束の地〟……………?」

その言葉を知るのは読子だけだ。王炎、五鎮姉妹は顔を見合わせる。

「これが欲しかったら、そこまで来なさいって」

これ、とは王炎の本である。無論、中にいるファウストを指してのことだ。

「そこで……話し合って、くれるんですか?」

「それは、あの男次第よ。……あたしも、夫婦喧嘩《げんか》で黙ってるタイプじゃ、ないし。……まあ、あの場所なら犠牲《ぎせい》も出ないし、再会にはもってこいだし」

「………………わかりました」

読子が頷《うなず》くのを見て、チャイナは笑顔になった。

「あなたは甘くて、夢見がちで、世間知らずだけど……人を信じることができるのね。いいことよ、読子ちゃん」

「はぁ……どうも……」

褒《ほ》められた、のだと思う。読子は思わずにへら、と笑い返した。チャイナは、ことの成り行きを見守っていた王炎と、五鎮姉妹に顔を向ける。

「……というワケだから、あんたたちは、ここで解散。テキトーな支部に逃げて、待機しなさい。二、三日したら、世界がどうなるかわかると思うから」

チャイナが手にしたままの本を、王炎が摑《つか》む。

「……これは、私の本です……」

「いいじゃん、ちょっと貸してよ」

「いいでしょう。そのかわり、ちゃんと返してもらえるように、同行します」

「王炎ちゃん……？」

王炎の目は真剣だ。相手がチャイナだろうが一歩も引くまい、との覚悟がある。

「……まあいいわ……。そのかわり、自分の面倒は自分でみるのよ」

微笑で頷く王炎だったが、

「わ、私も同行します！」

という静の言葉には、つい口を開きかけた。

「……ご、護衛が必要ですし……私は、おばあちゃんの親衛隊ですし……」

胸の前で握った棒《ぼう》に、ぐっと力を込める。彼女は彼女なりに、覚悟を決めての言動だ。

「いや、しかし……」

「あのー……」

静の後ろで帆、薇、琳、茜が手を挙げる。振り向いた静は、慌《あわ》てて止めようとする。

「おい！　おまえたちはいいんだ！」

「……なんでいいんだよ」

「私たちも、親衛隊だしー」

「姉行くところ、妹あり、です」

「えーと、えーと……とにかく、一緒《いっしょ》～……」

口々に意見を述べるが、言っていることは同じだ。要するに全員、静と行動を共にすることを望んでいるのである。

覚悟の連鎖《れんさ》に、ついチャイナの顔がほころんだ。

「どうよ？　ウチのチームワークは？」

読子に問いかけられたものである。どことなく、孫を自慢する祖母のようでもある。

「読仙社は、安泰《あんたい》ね……いいでしょ、みんなまとめてついてきなさい」

チャイナのかけ声に、王炎、静以外の四人が歓声をあげた。

「ただしっ！　あんたらも同じよ。自分の面倒は自分でみるの」

はーい、と声を揃《そろ》えて答える姿は、まるで小学校の遠足だ。

あるいは本当にそうなのかもしれない。チャイナを取り巻いていた者の生き残りが、運命を決する道中に同行するのだ。彼らにとってなにかを学ぶ、最後の機会なのである。

読子は思っていた。彼らは敵だが、もちろん戦いたくはない。大英図書館と読仙社、これまでの日々で両組織の間には大きな溝《みぞ》ができたが、自分たちでそれを塞《ふさ》ぐ努力はできるはずだ。

ここにいる誰も、もう死んだりしませんように。

そう願った。そのためなら、できるだけのことをしよう。ジェントルメンも、世界を統括《とうかつ》した器を持っていたのだ。話せばわかる。

チャイナは琳から文鎮《ぶんちん》を借り、束ねた髪の先を少しばかり、切った。

「！」

びっくりして見つめる一同を尻目に、握ったそれを読子に突き出す。

「これを火にくべたら、その匂《にお》いをかぎつけてあいつが来るはずよ」

読子は緊張の唾《つば》を飲みこみ、それを受け取る。手の中に、心地《ここち》よい感触があふれた。

「じゃあね。……運か、縁があったらまた会いましょ」

チャイナと入れ替わりに、王炎が読子に歩み寄ってきた。

「王炎さん……」

向かいあう二人を、やや離れて静が見ている。

「……あなたの、仲間のことですが……」

それがナンシーを指していることに気づいて、読子は思わず声をあげそうになる。

「どうやら、自力で脱出したようです。昨夜、凱歌から通信がありました」

「！　…………よかっ、たぁっ……」

大きく大きく安堵《あんど》の息を漏《も》らす読子である。今までずっと、気にかかっていたのだ。

素直な読子の反応を、王炎はじっと見つめている。

「……ヘイ・オン・ワイで、初めて会った時……」

英国で、二人が最初に会った時のことを言っているのだ。

「……あなたは私を、恋人と間違えましたね」

王炎の言葉に、静の眉《まゆ》が動いた。しかしその反応に気づくのは妹たちとチャイナだけで、当の二人は見てもいない。

「あの時は、失礼しました……」

「いいえ。……黙っていましたが、私もあの時、あなたを、……一瞬、妹かと思いました」

「妹さん……？」

「ええ。……まったく、似てなかったのですが……」

その妹、海娟《ホイメイ》が彼の中でどれだけ大きな存在であるのか。そして読子にとって、ドニーがどれほど大切であったのか。見つめ合う二人は、互いの心中を知らない。

「本が好きで、ハッピーエンドが好きな妹でした……」

「……………………」

「……しかし、ハッピーエンドなど、この世にはありえない。……誰かの幸福は、必ず誰かを不幸にする……」

ほんの一瞬にして、読子は拒絶された。王炎は雰囲気《ふんいき》をがらりと変え、読子に告げる。

「……俺たちは敵どうしだ。邪魔《じゃま》をするようなら、今度は殺す」

本気でそう思っている。読子は直感した。不思議と驚きは少ない。

無言で王炎が背を向ける。慌《あわ》てて静が、視線を外した。

「王炎さん」

読子の呼びかけにも、振り向かない。だが、読子は構わずその背中に、言葉を乗せた。

「……みんなが幸福になる道は、必ずあります。……私はそう、信じてます……あなたも、信じてみてください」

答えは無かった。王炎はそのまま、チャイナのもとへと歩き出す。

「…………………」

五鎮姉妹も、それに続いた。

「……ちゃんと、伝えろよ」

伝言のことであろう。帆がべっ、と舌を出す。静、薇、琳は目もくれず、読子を無視した。

なぜか、茜はぺこっと頭を下げて、姉たちに続いていった。

「…………………」

読子が見送る先で、一同は木々の影に入っていく。その中を走り始める音が聞こえ、すぐに消えた。

一人、岸に残された読子は、不思議な寂しさを感じている。

今までは周囲を敵に囲まれていて、やっと自由になったというのに。

女子高生、インドを往《ゆ》く。

そんなタイトルを思いつき、すぐに「このお話は現実とは関係ないフィクションです……」と脳内に注釈文《ちゅうしゃくぶん》を添える。

なぜなら自分、菫川《すみれがわ》ねねねは〝元〟であって女子高生ではないからだ。

そしてインドに来てはいるが、別にそのへんを往ったりしていないからだ。

ねねねとウェンディは、英国からインドを経由して、中国に入る予定だった。

しかし中国、四川《しせん》省で謎《なぞ》の空爆（?）騒動があったらしい。旅客機はのきなみフライトを中止した。某国《ぼうこく》の仕業《しわざ》というデマが飛んでいるが、まだ正確な事情はわからない。

「どこのバカだ！　この忙しい時にそんなことするのは!?」

と怒鳴《どな》りながらも、薄々見当はついている。読子が出現した（?）のも同じく中国、四川省。これで無関係なわけがない。

そのバカが、禿《は》げますように禿げますようにと念じるねねねを、ウェンディは苦笑して眺めていた。一応、その相手は自分の上司だったのだから。

二人は首都、デリーにホテルを取り、今後どうするかを相談していた。

「飛行機、いつになったら飛べるようになるの?」

「……わかりません。……でも悪くしたら、戦争かもしれないってニュースで言ってましたよ。当人の中国はなぜか黙ってるんだけど、韓国とかの近隣国家が騒いでますから」

「……先生がいるかもしれないのに、なんで空爆なんてしたのかな？　あのハゲ、そんなに追い詰められてたのか……」

　当然ではあるが、二人はジェントルメンのことを知らない。ジョーカーにしても、確かに追い詰められはしたが、あくまで命令を実行しただけだ。〝ハゲ〟と片づけられるのは気の毒な話では、ある。

「……本当に戦争まではいかないと思いますけど、少しゴタゴタするのは間違いないです。ていうかもうしてます。たぶん、アメリカか国連が仲介役《ちゅうかい》に出てきますね。表向きだけでしょうけど。……要するに、ロンドンとか、空爆みたいな、目立つような戦いは止めてくれ、って言ってくるんじゃないですか？　戦うんだったら、あくまで極秘裏《り》に、普通の人にバレない場所で、バレないようにって要請してくるはずですよ」

　ウェンディの推測に、ねねねは感心させられる。

「……なんか、エラい話にふくれあがるじゃない。どうしてわかるの？」

「……私、元社員ですから……だいたいの関係とかは、一応……」

　それもそうか、とねねねはベッドに身を倒す。枕元《まくらもと》に置いていた、ドニーの日記がふわっと揺れた。

「空は無理かぁ……でも、ゴタゴタが終わるの待ってたら、どうなるか……」

「だから。急ぐんだったら最悪、ヒマラヤ越えってこともありますよ」

「ヒマラヤ越えぇ⁉」

確かにインドからなら、ヒマラヤ山脈を越えれば中国は近い。すぐにチベットに入ることができる。しかし、それはもう女子高生の行動範囲ではないような……。

「最悪、ですよ。他になにか方法がないか、調べてみます」

「調べるって、どうやって……？」

上体を起こすと、ウェンディはインドの女性が着る、サリー姿に早変わりしていた。

「おっ、おまえっ、いつの間にっ⁉」

「さっきからずーっと着替えてたじゃないですか」

ねねねが喋《しゃべ》ったり、ぼーっとしてる間に彼女はさっさと服装を替えたのだ。

「ちいっ！　脱衣シーンを見逃した！」

舌打ちするねねねを見て、ウェンディは「女子高生のカテゴリーに含まれなくても文句は言えない」と思った。

「気持ち悪いこと言わないでください。……ねねねさんも、外出するんなら着替えたほうがいいですよ。観光客には物乞《ものご》いがいっぱい寄ってきますから」

用意周到とはこのことか。備え付けの椅子《いす》には、ねねね用のサリーがかけられている。

「知ってる。テレビのなんとか発見で観た。……でも、今はあんまり出たくないな。飛行機で疲れたし」

「じゃあ、私一人でちょっと出てきますから。お留守番《るすばん》しててくださいね」

慣れた様子のウェンディに、ついねねねは質問してしまう。

「なんか余裕《よゆう》だけど……あんた、インド詳しいの？」

「だって私、五歳まではここにいましたから」

そうだった。確かに聞いたことがある。ウェンディは、肌の色からもわかる通り、イギリスとインドのハーフなのだ。確か母親のほうが、インドの出身だったはずだ。そう思い出すとなるほど、サリー姿も様になっている。

「友だちに会ってきます。相談したいことが、あるんで」

「友だち？　いたの？」

「いますよ、ちゃんと」

口を尖らせるが、実際そうたくさんいるわけではない。しかし、たとえ数が少なくても、真に繋《つな》がっていればいい、と思う。ウェンディの友人は、会う機会こそ少ないが、決して忘れたり、別れたりする間柄ではない。

「一五年ぶりで会うんです。……手紙はちょくちょく出してたけど。楽しみだな」

少し好奇心も動くが、ねねねは遠慮《えんりょ》を決めこむことにした。

「なにしてる人？」

「プログラマーです。……あんまり大声で言えないんですが、非合法な技術も持ってるんで、なにか教えてくれないかなって」

　ねねねの中のインド人のイメージは、『踊るマハラジャ』と昔懐《なつ》かしい〝チャダ〟の二つしかない。そのどちらにも当てはまらないため、ウェンディの友人を想像することはあきらめる。

「……わかった。よろしく言っといて……」

「はぁ……。じゃっ、帰ったら食事に出ましょう。それまで、暴れてホテルの備品を壊したりしないでくださいね」

　年上らしいアドバイスを残して、部屋を出ていく。ねねねはいー、と歯を剝《む》いた。

「あたしは、コドモかっ！　……ホームグラウンドだからって、チョーシにのって」

　部屋の窓から、外の景色を眺める。

　見えるものは人、車、バイク、牛、ビル、ゴミ……。雑然、混沌《こんとん》という文字がぴったり似合う。いや、その他は考えられない。

　建物の間には鮮やかな布が繫《つな》がれ、なにか文字が書いてある。おそらく看板代わりだ。どこを観ても、目に痛いほど鮮やかな極彩色《ごくさいしき》である。見慣れた東京の景色とは違う、独特な熱気がある。

「……すげーな、あたし、インドにいるよ……」

　読子を追って英国へ、そしてインドに来てしまった。さらにこの先、もしかするとヒマラヤを越えて中国に行くかもしれないのだ。

想像を絶する人生の展開に、ねねねは笑った。

「行きつくとこまで行くしか、ないよなぁ……」

腹の底で、ある種の覚悟が決まっていく。一人ではない、ウェンディという連れがいることが心強い。ねねねは自分が、ウェンディにとって友人であることを願った。

「……さてと……」

ねねねはベッドの上にある、ドニーの日記に視線を向けた。本を閉じていた革のベルトは、外してある。ねねねが外し、読んでいるのだ。

もちろん、他人の日記を読むことに対する抵抗はあった。

その抵抗を崩《くず》したのは、大英図書館特殊工作部のジギー・スターダストである。二人が、特殊工作部の裏の顔を知って相談に出向いた際、彼の言った「さっさと読んで、真実を知る努力をせい」という言葉が、背中を押した。

だが、だからといって彼に責任を押しつける気はない。ねねねは自分の意志で日記を開き、読んでいるのだ。再会した時、それで読子にどう思われても、その責は自分で負うつもりである。

知りたいのだ。

読子のことを。彼女が愛した、ドニーのことを。

二人を知らなければ、二人を幸福にできるはずがない。

逆にいえば、この日記を読むということは、生者である読子と、今は亡きドニー・ナカジマを必ず幸福にしなければいけないのだ。それは大変なプレッシャーでもある。

しかし、自分は〝それ〟を成し遂《と》げなければならない。

この二人をハッピーエンドにできるのは、自分しかいないのだ。

事実、話し合った結果、ウェンディは読むことを辞退した。ねねねの手助けはするが、その先までは責任を負えない、と自分で判断したからである。

だから、ねねねは四苦八苦して、ドニーの日記を読み進めているのである（日記は英語で書かれていた）。おかげで飛行機の中でも、辞書は手放せなかった。

だがしかし、そんな苦労も吹き飛ぶほど、ドニーの日記はおもしろい。

若かりし頃の読子が、今となっては想像もつかない行動をとったりしている。ねねねは今一八だから、日記の中の読子は年下である。

その態度が時に生意気だったり、可愛《かわい》らしかったりして、ページをめくる手が止まらない時もある。

これは本当に、ノンフィクションなのだろうか？　ドニーの主観が入りすぎてないか？　そう疑ってしまう時すらあるのだ。

「…………………………読むか……」

英和辞典

できれば、再会するまでに読み終えておきたい。なにしろ神出鬼没《しんしゅつきぼつ》のあの女だ、今日にでもウェンディと一緒《いっしょ》に「あらぁ先生、偶然ですねぇ～」と帰ってこないとも限らないのである。

……いや、さすがにそれはないか。

ねねねは愛用のデイパックから英語辞書を取り出し、ベッドにぼふん、とダイブした。

そしてすぐに、ドニー・ナカジマの記した過去へと潜っていった。

第二章　『ぼくとあの娘』

「ねぇドニー。これは別に、取るに足らないことっていうか……まあ、気にしなくってもいいことなんだけど」

彼女がこんなふうに前置きするってことは、だいたい言葉と反対の意味がある。つまり、それは大変に大切なことってわけだ。

「……本当に、たいしたことじゃないのよ。もしかすると、忘れてくれても構わないかもしれないわ」

ずいぶんとプロローグが長い。国家機密なみの重要度かもしれないな。

「……聞く前に忘れるなんて、器用なことはできないよ」

少し茶化《ちゃか》してみると、彼女は頰《ほお》を赤らめた。

「わ、わかってるわよっ！　……あなたがどれだけ不器用で、だらしなくて、のほほんとしたノンビリ屋さんかってことは、この三ヶ月で十分に、嫌っていうほど知ったもの！」

藪蛇《やぶへび》だった。軽い気持ちでからかっただけなのに、何倍もの〝お返し〟が飛んでくる。

歳という年齢を考えても、彼女の気の強さは特筆に値する。

でも、僕は彼女とのこんな会話が、嫌いではない。

「あなたったら、三日も同じネクタイしてるし、靴《くつ》に土が着いていても気にしないし、約束に遅れて来たらスースー寝てるし！　寝言《ねごと》まで言ってるし！」

このまま放っておいたら、すぐに湾岸《わんがん》戦争も僕のせいになってしまうんだろうな。しかし、僕には頼もしい味方がいる。それは、図書館の静寂だ。

「…………………………………！」

古典的なゼスチャーで、利用者の学生たちが口に人差し指を当て、彼女に注意する。エキサイトしていた彼女は、自分の大声に気づいて、黙った。

たまらず僕が、声を殺して笑っていると、赤い顔でにらみつけてくる。

「……あなたって、とってもイジワルな人だと思うんだけど。ドニー」

「……よく言われるよ、読子《よみこ》」

読子は丸い、フチなしメガネのブリッジをくい、と押しあげた。興奮して、ずり落ちそうになったらしい。

僕は僕で、肩を震わせていたものだから、やはり指を立てて、メガネの位置を修正した。途端に読子は、小さな唇を尖《とが》らせる。

「……マネしないでよ……」

「マネじゃないよ、別に」

「ふんだ」

わざとらしく、横を向いて視線を外す。横顔になると、控えめな鼻の高さが、彼女の母方——つまり日本人の血を思わせる。

一度そう、口に出して言ってみたら、手にしていた本の表紙を顔に押しつけられた。痛くはなかったが、驚かされた。僕も日系だから、好印象だと伝えたかったんだけど。

「……場所を変えたいわ。外に出ましょう」

返事をする前に、読子は立ち上がった。ずいぶん勝手に思えるかもしれないが、これでもおとなしくなったのだ。三ヶ月前に比べれば。

僕はあえて座ったまま、彼女を見上げていた。

「……なに？」

「……湾岸戦争の原因は、なんだと思う？」

読子は小さな舌を出して、答えた。

「あなたよ」

ここ数日で、キャンパスの芝が緑を少しずつ失っている。秋が近い。

「緑があるうちに、日向《ひなた》ぼっこがしたいな」

ささやかな森を抜けていく道。読子は僕の隣を歩きながら、言った。あいにく今日は曇り空で、芝生《しばふ》の上で本を読むには不向きなのだ。

「日向ぼっこはいつでもできるさ。来年でも、再来年でも」

読子はたたっと前を進み、僕を振り返った。

「あなたのその、時間は無限にあるって考え方は、時々尊敬しちゃうけど、だいたいいつもは〝やれやれ〟って思ってるわ」

くるり、とさらに反転し、背で指を組んで前を見る。

「来年なんて、再来年《さらいねん》なんて、どうなってるかわかんないじゃない。イギリスにいないかもしれないし、地球が大変なことになってるかもしれないし、……忙しい仕事に就《つ》いてるかも、しれないし」

「仕事って、君はまだ一五歳だろう」

彼女は額に指を当て、苦悩しています、という芝居《しばい》をする。

「あのね。じゃあどうして、大学に通ってると思うの？　私は優秀なのよ？　その気になったら、ぱーって単位を取っちゃえるの」

「あんまり急いで社会に出ても、戸惑うだけだよ。それより、自分のなりたい進路をじっくり考えたほうがいい」

「それがわからないから、大学にいるんだけどな……」

揺れる肩は、そのまま彼女の迷いを表しているようだ。

「……さっきは、なにを言おうとしたんだい？」

「え？」

「図書館で、言いかけたこと」

「ああ……」

読子は立ち止まり、ちいさな咳《せき》をして声を整える。

「……まあ、たいしたことじゃないんだけどね。……ひょっとして、あなたが興味あったらって、思って」

つまり、僕に関係があることなのだろうか。

「……私、来週の水曜日に、一六歳になるの」

思わず黙ってしまった。

「……ね、たいしたことじゃないでしょ？」

僕の沈黙をマイナスのイメージで受け取ったのか、読子はふいっと顔を逸《そ》らす。

「いや、そういうわけじゃ……おめでとう」

「今言われてもね。……それに、生きてたらみんな一六歳になるし、一六歳って別に特別なわけじゃないし、一年も経ったら一七歳になるんだから……とにかく、忘れていいの」

途中から、自分でもワケがわからなくなったようだ。

「忘れないよ、別に……ちなみに僕は二〇歳だ」

「知ってるわ。五つも年上だもの。……オジさんね」

その言葉に傷つくほどヤワではないが、完全に無視できるほどタフでもない。

「君だって、いつかは二〇歳になる」

「その時、ドニーは二五歳じゃない。どこまでいっても、オジさんだわ」

あははは、と読子は笑った。

僕と同じく、彼女も会話を楽しんでくれているらしい。

初めて会ってから三ヶ月になるが、僕は彼女が友人といるのを見たことがない。

「水曜日かぁ……」

「忘れてくれていいのよ。別に。プレゼントなんか期待してないから」

この流れで忘れろ、というほうが無理な話だろう。しかし、彼女は彼女なりに精一杯、勇気を出して切り出したのかもしれない。

今まで誕生日云々《うんぬん》の話が出なかったのは、僕の任務に関係するからだ。あまり彼女に、僕の個人的な話をするわけにはいかない。

「……メガネは、どう?」

読子は自分のメガネに手をやって、わずかに顔をしかめた。

「メガネなんて、野暮《やぼ》ったいわ。それに、あなたのそれから判断すると、センスも期待できそうにないし」

散々な言われようだ。しかし確かに、僕は自分のセンスには自信がない。それは自信を持って言える。ややこしい話だが。

「本当にいいの。……ね、話題替えましょ。ドニー、昨日貸してもらった『フィネガンズ・ウェイク』だけど、正直なところ、よくわからないんだけど。でも、こう思ったの……」

感想と意見をすらすらと話しだす。彼女はこんな時、もっとも溌剌《はつらつ》として見える。僕はといえば、来週の水曜、急な任務が舞い込みませんようにと、心の中で願っていた。


〝大英図書館〟は、大英博物館図書館、国立中央図書館、国立書誌局、国立科学技術参考貸出図書館、科学技術情報局を中心とした複数の機関をまとめた組織名だ。

施設として最も有名なのは、もちろん大英博物館図書館だが、英国政府はそれを統括《とうかつ》した〝新大英図書館〟の建設を決定し、一九七五年にセント・パンクラス駅の隣に土地を購入、計画をスタートさせた。

一般公開は一九九七、八年あたりを予定している、とのことだ。今が一九九一年だからずいぶん先にも思えるが、新館の建設が始まったのも一〇年前、一九八二年だ。それからスタッフは、延べ二〇年以上にわたる〝お引っ越し〟に取り組んでいることになる。まったく気の長い話ではある。

引っ越しにそんな途方もない年月がかかるなんて、奇妙な話にも聞こえるが、経験者ならわかってもらえると思う。本屋の引っ越しは、この世で一番大変なことなのだ。

大量の重い、大きな本を、傷つかないように注意して梱包《こんぽう》する。それを何万個と運び、新しい棚《たな》に分類し、正確に配置する。ここで迷子になった本は、下手《へた》をすれば永久に出てこない。なにしろ大英図書館の蔵書は一二〇〇万冊なのだから。

こうしている今も、スタッフは緻密《ちみつ》に段取りを組み、計画を立案し、専門部署まで作って引っ越しに取り組んでいる。図書館の本を、完璧《かんぺき》に、無事に、新天地へと送るべく。

僕が所属しているのは、その大英博物館図書館にある、特殊工作部という部署だ。場所は博物館の地下にある。無論、普通の人は出入りもできないし、そもそも存在を公《おおやけ》にしてもいない。

その理由は、僕たちの任務が時に、非合法スレスレのところまで踏み込むからである。明らかに盗本と思われる稀覯本《きこうぼん》の回収、裏社会で流通するドラッグ本の摘発《てきはつ》、行方《ゆくえ》不明本の捜索など、僕らは〝本〟に関わる仕事なら、世界中に出向いていく。中には一秒を争う急な事件もあるし、国家間のいざこざに巻き込まれるケースもある。

そういった状態に、迅速《じんそく》に対応するには、表の〝大英図書館〟という顔は巨大すぎるのである。そこで彼らに代わり、任務を遂行《すいこう》するのが僕たち〝特殊工作部〟なのだ。

さて、新大英図書館への移転は結構な話だが、特殊工作部は前述したとおり、大英博物館の地下に存在している。僕らの施設までが〝新館〟へ引っ越すのか、それともここに残るのかは、まだ決まってないらしい。

現施設に愛着を持っているスタッフも多いし、単純に移転が大変だ、という事実もある。その間に任務が滞《とどこお》ったり、緊急事態が発生するのではないか？　との不安もある。

とりあえず今は、特殊工作部から新館の地下へ直通トンネルを開通させ、蔵書をせっせと送り続けている毎日だ。僕らの事情より本が優先されるのは、この組織としては当然のことである。


「ドニー。ちょうどよかった。部屋に来てもらえますか？」

読子と分かれ、特殊工作部に戻った僕は、ジョーカーに呼び止められた。

彼は、特殊工作部の統括《とうかつ》を務めている男だ。正確には前任が病気で倒れたための臨時《りんじ》なのだが、彼の容態《ようだい》次第では正式に着任するかもしれない、との噂《うわさ》が飛んでいる。

「今すぐにかい？」

「おや、休息を取った後のほうがいいですか？」

「いいや。休息が必要なのは、僕じゃなくて君のほうだろう」

ジョーカーの目の下には、くっきりと隈《くま》が浮かんでいた。どうやら昨日も、泊まり込みで任務に没頭《ぼっとう》していたらしい。

「心遣いには、感謝します。しかし今の私に、休息は必要ありませんよ。……まあ、熱い紅茶でもあれば十分です」

「ハイ、ジョーカー」

「やあ、マリアンヌ。……コシハタデパート展示会の〝あれ〟は、解決しましたか?」

「今朝《けさ》がた、やっとね。モーツァルトの『主題目録《もくろく》』でケリがついたみたい。一応、ウチからも監視員《かんしいん》を二人、同行させるわ。……ハイ、ドニー」

「ああ」

会話の途中にも、行き交う人がジョーカーに声をかけてくる。彼が多忙《たぼう》な証拠であり、慕《した》われている証明でもある。

「……立派に務めあげてるじゃないか。少し休んでも、罰《ばち》は当たらないよ」

マリアンヌに簡単な指示を出して見送った後、ジョーカーは僕に向き直った。

「罰は怖くありません。ただ、労働に見合った褒美《ほうび》が欲しいだけです。……しかし、君の言うことにも一理ある。……お茶の時間にしましょうか」

僕の肩に手を置き、少し力をこめて誘導する。

「……マリアンヌ、なにか笑ってたよな? なんだろ?」

「さあ?　楽しいことでもあったんじゃないですか?」

僕たちは、特殊工作部内のカフェに出向いた。混雑のピークから外れているせいか、客は少ない。僕たちを含んで五、六人といったところだ。

「おかげで、堂々と任務の話もできますね」

ジョーカーの勧めで、アッサムを注文した。彼は最近、インド茶にハマっている、とのことだった。

「いつか、頼めばお茶を淹《い》れてくれる秘書がほしいものです」

「君の働きぶりじゃ、そう遠くない話だろう」

「いいえ、まだまだ。私は生まれが生まれですから。人の億倍努力して、ライバルを蹴落《けお》として、汚い策略を駆使《くし》してようやく、ですよ」

どこまで冗談なのか、毒のあるコメントで返してくる。

ジョーカーと僕は、同じ一九八八年に大英図書館に就職した、いわゆる同期の中だ。といっても、年齢は彼のほうが幾つか上だと思う。聞いたことはあるが、今のようにはぐらかして教えてくれないのだ。

〝ジョーカー〟というのも僕の〝ザ・ペーパー〟と同じくコードネームで、本当は〝ジョー・カーペンター〟というらしい。……この名前も、信憑性《しんぴょう》は薄いが。

「……で、用があるんじゃないのかい？」

一度だけカップに口をつけて、僕は切り出した。悪いが、僕は正山小種《ラプサンスーチョン》の方が好みだ。

「はい。半年前、ジェファーソン卿《きょう》の屋敷に賊《ぞく》が入ったことを覚えてますか？」

「ああ。……『ダフネの後悔《こうかい》』と『卑称事典《ひしょう》』の二冊が盗まれたやつだ」

ジェファーソン卿は、国内でもトップクラスの蔵書家だ。じつはその膨大《ぼうだい》なコレクションは、特殊工作部の標的にもなっている。いや、奪い取る、という意味でなく、どうやって死後〝寄贈《きぞう》させる〟かが論点なのだが。

「そのうちの一冊、『卑称事典』が市内にて取り引きされると、情報が入りました」

僕はカップを置いた。

「市内？　それがわかってるんなら、警察の出番じゃないのか？」

「できないんですよ。手引きしてるのは、警察関係者らしいので」

ある種の稀覯本《きこうぼん》は、常人では理解できないほど高額で取り引きされる。その輝きが、誰の目を眩《くら》ませても不思議ではないのだ。

「極秘裏に解決してほしい、と警察署長に頼まれました」

「自分のところで、怪しい奴をピックアップしたほうが早いだろうに……」

わざわざ外に弱みを漏《も》らすこともないはずだ、と思う。

「怪しい奴が多すぎるんですよ、あちらには。……それに正直、金塊《きんかい》や宝石ならともかく、たかが本に対して真剣になれるか、というのが本音でしょう」

「確かに。僕らの周りの人間はともかく、普通の人はベストセラー以外の本なんて、興味がないもんなぁ」

「だからこそ、つけいる隙《すき》もあるんですがね」

ジョーカーは微笑した。もしかしたら、彼の方から署長に申し出たのかもしれない。「ウチのエージェントにまかせてくれませんか」とか言って……。

「で、取り引きはどこで？　いつ行われるんだ？」

「マンチェスターで、来週の水曜日とのことです。できれば、前日辺りから張り込んでいただけると、有り難い」

顔に出したつもりは無かったが、ジョーカーはすぐに気がついた。

「……なにか、予定でも？」

「いや、なんでもない。……行くよ」

ジョーカーは、ウェイトレスにお代わりを注文した。

「よかった。……ホテルを予約しておきましょう。相手の写真は、後ほど渡します」

最悪の報《しら》せはいつも、最高のタイミングでやって来るのだ。僕らの知らない、なにかの法則があるに違いない。

「……なにか、プライベートな予定でもありましたか？」

「いいや。どうしてだい？」

「そういう表情を、してましたから」

ジョーカーは、どうしてこれほど的確に人の心中を見抜くのだろう。

「……あの少女と、なにか約束でも？」

カップを口にしていたら、紅茶を吹いていたことだろう。

「……話したことが、あったかな？」

「いいえ。一度も。まったく。ちっとも」

「……じゃあ、どうして知ってる？」

ジョーカーは、運ばれてきたお代わりを口に運びながら、再び微笑する。

「……我々は、諜報《ちょうほう》機関ですから。大学の図書館に出向いたついでに、〝小さな恋の物語〟を見つけることなど、簡単ですよ」

「！　……君だけじゃないのか？」

そこで僕は思い当たった。先ほど、マリアンヌが残していった〝笑い〟に。

「……彼女も、か？」

「見つけたのも、広めたのも、まさに彼女です」

長い長い長い沈黙が訪れた。たまらず、口を開いたのは僕のほうだった。

「……断っておくが、彼女は妹みたいなものだ」

「確かに、弟には見えませんでしたが」

ジョーカーの顔は真剣このうえなし、というものだった。しかし、英国人の多くは二面性を持っている。眉《まゆ》一つ動かさずに冗談を言ってのけるのだ。

「……いいかい。余計な噂《うわさ》を広めないでくれ。僕はともかく、彼女のプライバシーに立ち入るのは反則だろう。一般人だぞ」

「広める気はありませんよ。……もうその必要もないことですし」

その言葉で、僕は既に状況が取り返しのつかないレベルに進んでいることを知った。

「……で、彼女とは？」

「だから言ったろう！　妹みたいなものだって！」

ジョーカーは、そらぞらしい顔を作ってとぼけた。

「……ですから、その妹さんと、約束などをしたのでは？」

僕の肩から、思いっきり力が抜けていった。

「……たいしたことじゃないよ。……いい。来週は、週明けからマンチェスターに出向くさ。それが僕の任務だ……」

「有り難い。特殊ケースとして、報酬《ほうしゅう》を申請しますから。〝妹さん〟にプレゼントでも買ってあげたらどうですか？」

彼はひょっとして、なにもかも知っているんじゃないだろうか？　頭の片隅《かたすみ》に、そんな疑問が浮かんだ。

「……女の子は、どんなものをもらったら喜ぶのかな?」

「花か、現金でしょう」

その二者択一しかないのか。ジョーカーが歩んできた人生が、垣間見《かいまみ》える。

「もしよければ、特殊工作部内の女性スタッフにアンケートを取りますが?」

やはり真剣そのもの、という顔でジョーカーが僕を見た。この男は、本気でその冗談をやりかねない。僕は黙って、首を横に振ったのだった。


「よう、色男。日本から来た小学生に手を出しておるようじゃの」

僕は床に手をついた。投げつけられた指摘に悔《く》い改めたのではない。噂の間違った広がりかたに、目眩《めまい》を起こしそうになったのだ。

「……彼女は小学生じゃありません。女子大生です。それに、僕は手を出しているわけでもありません。たまに会って、本の話をしているだけです」

訂正《ていせい》したものの、特殊工作部開発部主任ジギー・スターダストはふん、と鼻を鳴らしただけだった。

「なんじゃ、甲斐性《かいしょう》のない。ワシがおまえぐらいの頃は、ロンドン中のアパートメントに愛人がおったぞ。そこを泊まり歩くだけで季節が巡っていったものよ」

「……実証できない話は、嘘《うそ》ととられてもしょうがないですよ」

「嘘なものか。そこらのアパートに飛び込んで、七〇歳以上のご婦人に聞いてみるがよい」

ジギーが軽口を叩いている後ろで、コンピュータが繊維《せんい》の結合パターンについてシミュレートをしている。こうして作られる紙が、〝特殊用紙〟として支給されるのだ。僕は来週からの任務に備えて、紙を受け取りに来たのである。

「おう、ジョーカーから聞いてはおる。あまり風変わりの任務ではなさそうじゃな。つまらんことじゃ」

「普通の任務で十分なんですよ。僕はそのほうが安全なんだから」

ジギーは、なにかというと変わった紙を作り出し、僕に持たせたがる。確かにそれが彼の任務なのだが、半分は趣味に違いない。

この間は、時間が経過するにつれて重くなる紙、というものを持たされた。シールを剝《は》がし、空気に触れると、徐々に重量が増していくのだ。なのに外観は変わらない。テーブルに置いておくと、その脚がへし折れた。

「ズボンに入れておくと、すぐにベルトが切れて、ずり落ちるぞ」

コントの演出じゃあるまいし。次に持たされたのが、匂《にお》いを放つ紙だった。

「相手に貼りつければ、逃げた先がわかる。これは便利じゃ」

と自慢したが、正直、まず僕自身のほうが持ち歩きたくない代物《しろもの》だった。なにしろ臭素《しゅうそ》にスカンクの排出液を使用しているのだ。外に一歩出た時点で、周囲の人間全員が不快な顔を作り、僕に注目してきた。エージェントとしては、任務の妨げである。

聞けば、製作過程においてもスタッフから多大な抗議があったという。結局その特殊用紙、仮称〝スティンカー〟は、その一ケースだけで生産中止となった。

「……どのみち、今は急な用が入っておってな。お楽しみの新用紙は次の機会じゃ」

「別に、僕は楽しみにしてるわけじゃないんですが」

「おぬしのことなど知るものか。楽しみにしとるのは、このワシよ」

彼の生涯《しょうがい》の目標は、史上最高の紙を作り出す、ということだ。「どういう意味で最高なんですか?」と聞くと、破れず、折り目がつかず、美しく、滑《なめ》らかで、気品があって……と延々一〇〇近くもの項目を並べる。紙使いの僕から見ても、変人だと思う。

「ほれよ」

ジギーは戦闘用、防御用《ぼうぎょ》、その他の用紙が詰まったケースを突き出した。中身をチェックして、蓋《ふた》を閉める。

「……前から思ってたんですが……。これだけ紙を愛してるあなたが、紙使いじゃないなんて、不思議な話ですね」

ジギーは僕の問いかけに、乱雑な眉《まゆ》をびくびくと震わせる。

「人には器《うつわ》というものがある。……ワシは、紙の美点も欠点も知っておる。共に戦うほど、信じきれてないのじゃろうな」

　意外な言葉が返ってきた。

「おぬしは紙を信じぬいておる。……でないと、紙も応《こた》えまい。じゃが……」

　言いかけた言葉を、ジギーは無理に押し込んだ。

「やめておこう。ワシが言っても、しかたのない話よ」

　その時、僕が訊《たず》ねれば、彼は話してくれたのかもしれない。しかし、僕はそうしなかった。

彼の顔に、ちょっとした寂しさが見てとれたからだ。


　人生で大事なものは、タイミング、C調、無責任。ジョーカーから教わった。日本の歌の詞にあるらしい。なかなか奥の深い歌詞だと思う。

　しかし、タイミングの悪さというものは、重なる時は果てしなく重なるもので、僕は週末までずっと、読子に会うことができなかった。

　出会って三ヶ月になるが、僕は読子の住所も電話番号も知らなかった。あえて聞かなかったのである。僕らは、この図書館で時々会うぐらいがちょうどいい関係だからだ。もしも、の事態に彼女を巻き込みたくない。

　学校に伝言を残そうかと思ったが、素性《すじよう》や関係を問われたりするとややこしい事態になるので、やめてしまった。言《こと》づてをできる友人も知らない。

僕はあきらめて、週明けの月曜日を待つことにした。最近は週に二、三度会っていたのだが、彼女も学生だ。忙しい時期もあるのだろう。

そんなわけで、週末は一人、本を読んで過ごした。読子にプレゼントする本を買いに出たのだが、つい自分で読んでしまったのだ。

しかし考えてみれば、彼女は僕に輪をかけての読書家だ。「そんな本、もうとっくに読んでるわ」と言われたら立《た》つ瀬《せ》がない。

本以外の贈り物にしようか。ブックエンド、アンティーク本棚《ほんだな》、愛書用ケース、各種サイズのデザインカバー……どこかロマンチックな雰囲気《ふんいき》に欠けることは、自分でもわかっている。

観念して、週明け、マリアンヌにでも意見を仰ごうか。しかし彼女のことだ、趣味のドールハウスを無理矢理勧めてくるような気もする。読子はどちらかといえば、ハウス自体より付属の豆本とかを喜ぶタイプだ。

………それにしても。

僕は二〇歳になるが、女性へのプレゼントでこんなに悩むのは初めてだ。そもそも女性へのプレゼント自体が、僕の人生の中で極めて珍しいことなのだ。

………それよりなにより。

たった数日、彼女のあの、生意気な声を聞かないだけで、こんなに物足りない気分になるとは、我ながら意外である。

……僕は、少し困った方向に進んでいるのかもしれない。

月曜日になっても、図書館に読子は現れなかった。

僕は困惑していた。体調でも崩《くず》したのだろうか？　なにか重大な用でもあるのだろうか？　それとも、僕は知らず知らずのうちに彼女が傷つくようなことをしてしまったのだろうか？　考えてみたが、それらしい結論は出なかった。

ついで、と言っては悪いが、マリアンヌにも会えなかった。彼女はアイルランドに出張に出かけていた。

とにかく、僕はプレゼントを自分で選ぶことになった。明日にはマンチェスターに出向くので、余裕《よゆう》は今日一日しかなかった。

イースト・エンドでアクセサリーやアンティークを覗《のぞ》いてみたが、どうもピンとくるものがない。ペーパーナイフには興味を惹《ひ》かれたが、女の子の誕生日にナイフを贈るのは、あまりにも〝あんまり〟な気がして、思いとどまった。

結局、図書館と街を行ったり来たりしてる間に時間は過ぎてしまった。そこで僕は、マンチェスターでプレゼントを探すことにした。ロンドンとは違う、目新しいものが見つかるかもしれない。

問題は、どうやって任務の間に時間を作るか？　いつそれを読子に渡すか？　だった。

今になってようやく実感できることだが、僕たちにとって楽な仕事などない。普通の任務など、存在しないのだ。

マンチェスターでの取り引きは、科学産業博物館で行われた。

博物館は、世界最初の旅客鉄道の駅舎を利用した建物で、それ自体が記念品だ。中には鉄道関係の展示品や蒸気機関、史上初のコンピュータの資料など、科学技術のルーツが盛りだくさんである。

つまり、一品たりと傷つけるわけにはいかないのだ。

『卑称《ひしょう》事典』の取り引きは閉館後、午後八時に始まった。本を持ち出していたのはジェファーソン邸に勤めていた、メイドの女だった。事件当初から「内通者がいるのでは？」と噂《うわさ》があったが、大当たりだったわけだ。

彼女が東洋人のバイヤーに接触しているところに、僕は出ていった。

「大英図書館です。おとなしく本を返し、投降《とうこう》してください」

その言葉を言い終わる前に、彼女は発砲してきた。彼女の手引きをしていた、警官も一緒《いっしょ》に発砲してきた。周囲は貴重品だらけなのに、である。一味の一人、博物館職員が青い顔になったのは、彼なりの良心だったのかもしれない。

発砲を予測していた僕だが、展示品を護《まも》るためには、想像以上に動かなければならなかった。賊《ぞく》は護衛を入れて全部で六人、僕は一人。

ほとんど防戦一方で、危うく逃げられるところだったが、サポートのスタッフが、展示品である蒸気機関システムを使って、相手の隙《すき》を作ってくれた。おかげで、なんとか本を取り戻すことができたし、被害者も出なかった。

いや、唯一の被害者はやはり、僕ではないだろうか。

覚悟はしていたが、マンチェスターで読子へのプレゼントを探す余裕《よゆう》が無かったのだ。

任務終了後、気を回してくれたのか、ジョーカーはチャーター機を用意していた。おかげで僕は、その日のうちにロンドンに帰ることができた。正直、そのままベッドにぶっ倒れたい気持ちもあったのだが。

運命の水曜日は、まだ一時間半ほど残っていた。僕はどうしても、読子のことが気になっていた。結局プレゼントも買えずにいたが、彼女に会いたくてしょうがなかった。

一週間前、おそらくは一大決心をして、誕生日を切り出した読子。その気持ちに応《こた》えたかった。誰が祝ってあげなくても（と決めつけるのも失礼だが）、僕だけはなにかをしてあげたかった。

疲労と心労を身体《からだ》に残したまま、僕は大英図書館に戻った。

そこで僕を待っていたのは、一枚の手紙だった。

水曜日が終わるまで、あと一時間。つまり夜中の一一時。

僕はセント・パンクラス駅の隣、新しい大英図書館の門に立っていた。

マンチェスターから帰った僕は、デスク上の手紙に気がついた。裏を見ても、差出人の名前が無い。少し警戒はしたが、紙から不穏な空気は感じられなかった。

その中身は、招待状だった。「本日午後一一時。新大英図書館にて」とだけ、書かれていた。

ジョーカーに問い合わせようかと思ったが、彼は〝重大な任務〟で留守《るす》だった。

このうえ、追加の任務でも言い渡されてはたまらないのだが、無視するわけにもいかない。

僕は疲れた身体を引きずるようにして、『BRITISH　LIBRARY』と型抜きされた門をくぐったのだった。

新しい大英図書館は、前のそれとは異なり、直線をメインにした現代的なデザインに仕上がっている。次世紀に向けての、叡智《えいち》の集束場としての気品にあふれている。

しかしそれも、こんな夜中では魅力《みりょく》半減だ。

僕は、注意深く周囲を見回した。一応、罠《わな》を警戒してだ。今日、捕まった連中が不意打ちに驚いたように、僕もいつ、誰に狙われても不思議ではない。

そしてこれは、やはり罠だったのである。

「ドニー?・」

聞き慣れた声が届いた。不安を秘めた、小さな声だ。

建物の側に、読子が立っていた。

「読子!?　……どうしてここに?」

「どうしてって……?　あなたが呼んでくれたんじゃない」

読子の手には、僕と同じ手紙が握られていた。ただ一つ違うのは、その裏に差出人の名前が書かれている点だ。それは、『ドニー・ナカジマ』と読むことができる。僕の名前ではあるが、もちろん、投函《とうかん》した覚えはない。

読子は不安そうに、僕に近づいてきた。一週間ぶりに見るが、なんだか輪をかけて幼くなったような気がする。月光のせいだろうか。

「……誰かの、いたずら?」

不安顔に、落胆《らくたん》の雫《しずく》が落ちる。

僕が口を開こうとしたその時、大英図書館の照明が点《つ》いた。

「!」

ライトは建物を照らし、夜の中にその優美な姿を際だたせた。

驚きからか、読子は僕に寄り添っていた。僕は彼女の温もりを感じるよりも、硝煙《しょうえん》の匂《にお》いに気づかれないかと心配していた。

「………………なに……?」

「なんとなく、見当はついたよ」

こんな手のこんだ、大がかりな罠《わな》を仕掛けられるのは、彼しかいない。そう、彼はもってまわった仕込みと、大仰《おおぎょう》な演出が大好きなのだ。

その彼の声が、放送用のスピーカーから聞こえてきた。

『よォーこそ、いらっしゃいました。読子・リードマン』

芝居《しばい》がかったイントネーションである。突然名前を呼ばれて、読子がびくっと身を硬くした。僕はいたわるように、肩に手を置いた。

「心配しなくていい。……友だちだよ」

僕は彼女に、自分を大英図書館の職員とだけ教えていた。でなければこの事態は、あまりにも非常識すぎる。

『不躾《ぶしつけ》な招待をお赦《ゆる》しください。我々は、ドニー・ナカジマの友人です。本日、あなたの誕生日という日に、あなたから彼を奪った、せめてもの償《つぐな》いとして……』

読子が、僕を見上げてきた。僕は首を横に振る。誰にも話してない、という意味だ。

『いや、失礼。誓《ちか》って、彼はお喋《しゃべ》りな男ではありません。我らのいらぬ詮索《せんさく》によるものです。これが、あなたを不安にさせたのなら、どうか重ね重ね、謝罪させてください』

いきなり誕生日を調べられ、偽《にせ》の手紙で呼び出したのだ。サプライズ・パーティーにしても、ひっかかるのは当然だろう。

「……すまないね。悪いヤツじゃないんだけど、変人なんだ」

せめてもの僕のフォローを聞いて、読子はくすっと笑った。

「……あなたの友だちらしいわ」

どうやら赦してもらえたようだ。僕はおそらく、警備カメラで見ているだろうジョーカーに手を振った。

『……お赦しいただき、感謝のきわみ。……今宵《こよい》はあなたの誕生日を祝い、かつ優秀なる我らが友人への贈り物として、この大英図書館を用意いたしました』

「大英図書館?」

咄嗟《とっさ》に理解しきれず、読子が問い返す。

『左様でございます。明日の朝まで、この新〝大英図書館〟は、お二人の貸し切りとさせていただきます』

「!」

読子のみならず、僕も驚いた。ミュージシャンや映画スター、大富豪《だいふごう》が遊園地やブティックを貸し切りにしてレジャーやショッピングを楽しむ、とはたまに聞くが、図書館というケースは聞いたことがない。

『聞けばお二人は、揃《そろ》って無類の本好きとのこと。常日頃《つねひごろ》から図書館にて歓談を重ねているとのこと。そんな二人だからこそ、この大英図書館が相応《ふさわ》しいと判断した次第』

入口に向かって、街灯が灯《とも》っていく。僕ら二人を、誘うように。

『さあ、どうぞお入りください！　楽しい夜の準備は整っております！』

ファンファーレでも鳴りそうな雰囲気《ふんいき》だ。僕と読子は、思わず顔を見合わせた。

「私、夢を見てるんじゃないわよね？」

「断言はできないな。……でも、夢なら夢で、楽しんでみてもいいんじゃないか？　こういう機会は、あんまり無いよ」

「……ドニーは、あるの？」

「まさか。初めてだ」

言うまでもないが、ジョーカーたちが僕の誕生日を祝ってくれたことなどない。

「……なら、いいわ」

読子は、僕の腕に自分のそれをからめた。

「二人だったら、怖くないし」

「……僕は怖いよ。連中、なにを考えてるんだか。……君に、護《まも》ってほしい気分だ」

読子はくすくす笑って、答えた。

「だらしないのね。……いいわ、私がついてるから、入ってみましょ」

僕たちは、ライトに照らされて浮かぶ道を、大英図書館に向かって歩き始めた。

玄関ホールの階段には、巨大なタペストリーが飾られている。読子はそれを見上げて、ぽかんと口を開いた。

『こちらは、エジンバラ・タペストリー社のスタッフが織《お》りあげた、R.B.キタジの『IF NOT, NOT』でございます』

ジョーカーは、館内放送を使って自慢げに説明するが、僕らは正直、よくわからない。ただ、鮮やかな色彩とドラマチックな構図は、これから入館する者の心を否応《いやおう》がなしに盛り立てる。

「……考えてみれば、君は一般人で初めて、ここに入った人間になるんだね」

「それって、とっても光栄だわ。……私、開店前の本屋さんに並んで一番乗りしたことはあるけど、図書館は初めて。それも、あの大英図書館なんて」

『……水を差すようで恐縮ですが、今夜のことはどうかご内密にお願いします。……これは誕生日という特別な夜に起きた夢、……夢は朝と共に消え去ることで、永遠の美しさをあなたの心に残すのです……』

光栄に輝いていた読子の表情が、どう答えたものかと困惑に変わった。

「……気にしなくていいよ。要は、黙っててくれればいいってことだから」

「大英図書館って、ユニークな人たちが多いのね……」

精一杯言葉を選んだらしい、彼女の努力に僕は拍手を贈った。

緩《ゆる》やかなステップを登りつつ、僕たちはいかにも愛書狂《ビブリオマニア》らしい軽口を叩く。

「この階段、アン・シャーリィだったらなんて名前をつけるかしら?」

アン・シャーリィとは言わずとしれた、『赤毛のアン』のことだ。

「そうだな。『天国に通じる階段』ってのはどうかな?」

「あら、そんなの全然ロマンチックじゃないわ。アンならもっと、独特な名前をつけると思うの。そうね、例えば……『夢へと駆け上がるペガサスの足跡』って、どうかしら?」

ロマンチックかどうかはわからないが、アンの世界観とはほど遠いような気がする。

「そう? でもアンも読書が好きだったから、きっとここを通る時には空に舞い上がるような気分になると思うけど」

どのみち、アンでもギルバートでもない僕らに正解がわかるはずもない。ただ、僕らはこの会話を楽しんでいた。

趣味を同じくする者には、その中でしか通じない〝共通言語〟がある。それを話せる相手を見つけた時の喜びといったら、どう説明すればいいだろう。

共通の喜びは、人を急速に接近させる。そこから友情なり、愛情なりの関係が始まっていくのだ。

僕らの場合、それは本であり、本をとりまく物事だ。会って三ヶ月、僕らはずっとその共通言語で話してきたが、一瞬たりと退屈することはなかった。

「うわぁぁぁぁ～～～～～～～～……………」

人文学閲覧室《えつらんしつ》に足を踏み入れた時、読子は思わず声を上げてしまった。

ずらりと並ぶテーブルに、高い吹き抜け。そしてそこから差し込む月の光。僕たちの他、人の姿はない。およそ人間が本を読むのに、これほど優雅な場所があるだろうか。

閲覧が目的なので、この場所から本棚《ほんだな》は見えない。だが読子は、既に空想の翼を広げているようだった。

「……ここで、みんなが本を読むのね……」

「まだずいぶん先の話だけどね。……一応、図書館としては九七年ぐらいに一般公開を考えてるみたいだけど」

読子は椅子《いす》にちょこんと座り、僕を見上げる。

「どうして、そんなに時間がかかるの？」

僕は本の整理、搬入《はんにゅう》、管理などに関する手間がいかに大変かを話した。

「君の家だって、引っ越そうと思ったらすぐには無理だろう？」

「……無理だわ。家まるごとクレーンで吊《つる》して、ぶら下げていったほうが早いわ」

真剣な顔をして頷《うなず》く読子である。

「それに私、荷造りしようとすると、絶対に整理してる本に読みふけっちゃって……全然作業がはかどらないの」

「僕も同じだ！　家の奥から、いっぺんも読んでない本とか出てきて、パラパラめくってるうちに、夜が明けちゃうんだ」

「私たち、似た者どうしね」

椅子《いす》に腰掛けたまま、足をぶらぶらと揺らす。こんな仕草はまだまだ子供っぽい。

「そんなにたくさんの本、どうしてるの？　お家に置きっぱなし？」

「家とは別に、アパートも借りてる。……大きな本棚《ほんだな》がわりだね」

我ながら、愛書狂《ビブリオマニア》の末期症状だと思う。

「いい考えかも。私もそうしようかな」

読子はひらっ、と椅子から降りた。

「話してたら、本が見たくなっちゃった。魔法使いさん？」

『お呼びでしょうか？』

ジョーカーが、声色《こわいろ》を使って答える。確信をもって言えるが、彼は絶対にこの状況を楽しんでいる。……まあ、任務の息抜きになればいいか。

読子はまるで、仲間たちに指示を出すドロシーのように、少し足を開いて胸を張る。

「本がいっぱいあるところに、エスコートしてちょうだい」

『かしこまりました。お連れの男と、腕を組んでお進みください』

僕は精一杯紳士的な振るまいで、自分の肘《ひじ》を立てた。これまた読子が、レディーのふりをして応える。

閲覧室《えつらんしつ》の出口に進みながら、彼女に訊《たず》ねる。

「……君は、木こりとカカシとライオンの、どれが好き？」

「あなたって、時々すっごく唐突な質問をしてくるのね。……うーん。木こりはハートが無くて、カカシは脳みそを欲しがってて、ライオンは臆病だったのよね」

言わずとしれた、『オズの魔法使い』である。

「……好きっていうなら、どれも好きよ。みんな、自分に無いものを、がんばって手に入れようとしてるもの。……そんな見方をするようになったのは、つい最近だけど」

そこまで言って、読子は頭を僕の肩にくっつけた。

「……あなたのおかげだと、思うわ」

三ヶ月前。

彼女は僕に、「ずいぶん、つまらない本を読んでますね」と話しかけてきた。僕がその時読んでいたのは、ポーランドの童話だった。

僕は彼女にその本を貸して、読んでみるように言った。掛け値なしにその本が好きだったし、読んでほしかったからだ。

読む前から本を「つまらない」と決めつけるのは、本にとっても、人間にとっても不幸だと思う。確かに個人の好みはあるだろうが、新しい本のページをめくるということは、人生の可能性を一つ広げることだ、と信じている。

だから僕はなるべく書店や図書館に出向き、〝存在すら知らなかった〟本を探すのが好きなのである。

それがきっかけなのかもしれないが、読子は最近、いわゆる児童文学や、古典の名作ものにも範囲を広げている。

出会った時はいつも哲学書や、純文学などを抱えていたが、今はそれが『クオレ』や『二年間のバカンス』であることも多い。

「子供の時、一度読んでたんだけど……それでもう、わかったような気になっちゃって。成長して、読み直して、初めて気づくことって、あるのね」

「だから、名作は年月を越えて、受け継がれていくんだと思うよ」

僕らは、通路を歩きながら会話する。ジョーカーやマリアンヌたちが聞いていたら、僕の偉そうな物言いに笑うかもしれない。

だが僕は、読子と本について話すのが好きだった。

本好きな読子が、より本を愛していく姿を愛しく思っていた。

本に対して真摯《しんし》に、そして思いやり深くなっていく彼女を見るのが楽しみだった。

「不思議に思わないかい？　何百年も前に書かれた本が、生活も、考え方も、なにもかも違う僕たちの心に訴えかけてくることが。……人間は、進歩はしてるけど、進化はしない動物なんじゃないかな？　……いや、悪い意味じゃなくて」

僕はいつのまにか言葉に熱をこめて喋《しゃべ》っていた。

「きっと僕たちは、人間のままでやるべきことを持ってるんだと思う。それを探すヒントになってるのが、言葉であり、本なんだ」

「やるべきことって、なに……？」

「……僕にはまだ、それすらわからない……だから今日も、本を読むんだ」

ふっ、と読子の口から息が漏れた。

「安心したわ。……ドニーが、そんなに難しいこと考えてるなんて、思わなかったから」

「……どういう意味かな？」

「今のあなた、なんだか遠くに行っちゃいそうな目をしてたもの」

僕は胸をつかれた。……確かに、この考えを話していると、自分が自分でなくなるような、奇妙な高揚《こうよう》に包まれたのだ。

『楽しいお喋りを中断して、もうしわけありません』

ジョーカーの放送が、僕たちの沈黙を打ち消した。

『王立《おうりつ》文庫タワーにご案内いたします、どうぞ！』

立ち止まった僕たちの前で、大きなドアが開いていく。

『王立文庫』は、ジョージ二世、三世、そして役者のディヴィッド・ギャリック、自然学者のジョゼフ・バンクス、本の収集家クラッチェロード、トーマス・グレンヴィルらが「永《なが》く後世に残すため」モンタギュー・ハウスに収蔵したコレクションである。国家からの下賜《かし》、著名人の寄贈《きぞう》によるそれは、個人の蔵書を遺贈《いぞう》、寄贈する伝統を確立させ、あっという間に六万冊を越えた。

そこで一八二三年から一八二七年にかけて、その蔵書を収納する目的の特別ギャラリーが建造された。これが、現在の大英博物館建築の端緒《たんしょ》となったのだ。

つまり、『王立文庫』は大英図書館誕生の祖《そ》と言っていい。書籍、写本、刊本、あらゆる形態の稀覯本《きこうぼん》が並ぶそれは、英国のみならず近世人類史の象徴である。

新大英図書館は、中央にブロンズとガラスの塔を作り、その蔵書を収納する予定になっている。地下から地上六階までつき立ったそれは、〝キングズ・ライブラリー〟の名に相応《ふさわ》しい迫力である。

とはいえ、そこに全部の書架《しょか》が並ぶのはまだ先のことだった。

現在は、吹き抜けと未整理の本を積んだ移動式棚《たな》に囲まれて、一階はちょっとしたダンスホールのようだ。

腕を組んで入室した僕たちは、しばらくその広大なホールを眺めていた。僕はディズニーの

『美女と野獣』に似た場面があった、と考えていた。

少し中に入ると、後ろでドアが閉じられた。同時に、どこからともなく音楽が聞こえてくる。パニッツィの『萌《も》ゆる春』だ。

僕はこの計らいに少し感心した。『萌ゆる春』の楽譜《がくふ》は大英図書館が所蔵し、このキングズ・ライブラリーに収められることになっているからだ。

『ここは、言わば我ら大英図書館が生まれ出るきっかけとなった、偉大なる書籍たちの揺りかご……先達《せんだつ》たちの叡智《えいち》にかける努力と情熱の結晶《けっしょう》……』

ジョーカーの言い回しも、より芝居《しばい》がかっている。シェイクスピアでも参考にしているのだろうか。

『愛書狂《ビブリオマニア》のお二人には、地上の何処《どこ》よりも楽園に近い場所でしょう。普段なら、スタッフでもおいそれと入れる部屋ではございませんが、今宵《こよい》はいささか私の魔法も興《きょう》が乗ってきたようです。……どうぞ、ここにある本を、思う存分にご覧ください！』

「ええっ⁉」

「いいのか？」

読子が喜色《きしょく》を、そして僕が驚きの声をあげた。もちろん、僕らだって稀覯本の取り扱いかたは知っている。傷《いた》めたりする気はないが、それにしても異例の振るまいだ。

『特別な許可は得ておりますゆえ』

平然と述べるジョーカーだが、その許可が下りるまでどれだけ苦心したことだろう。僕は姿を見せない友人に、心から感謝した。

『……無論、ここでお二人の邪魔《じゃま》をするほど、私も野暮《やぼ》ではありません。女王陛下《へいか》の名誉《めいよ》にかけて、ここでマイクとカメラのスイッチを切らせていただきます』

なにを連想したのか、読子の頰《ほお》が少し赤らむ。

「……別に、気にしてもらわなくてもいいんだけどな」

『いいえ。そろそろ、私は私の用を思い出しただけのこと。以降のことは、明日の朝に夢語りとして話しましょう。……ご退出の際は、ドアを内側からノックしていただければ、直ちにスタッフが参ります。…………では、……』

そこで、声が聞こえなくなった。音楽は流れているが、もうジョーカーの気配はない。僕と読子は、偉人たちの残した本の中、二人きりになった。その瞬間に、彼女は床にへたりこんでしまった。

「……やっぱり、夢じゃないの？　これって……」

「実はさっきほど、僕も確証が持てない」

たかがエージェントの、たかが友人の女子大生の誕生日にこの扱い……明らかに常軌《じょうき》を逸《いっ》している。善意だけとは思えないスケールだ。

しかし、だからといって裏の思惑《おもわく》も見えない。これほど手間をかけて準備して、各方面の許可を得て、彼らに得られるものなど無いはずなのである。

「……あっ！『ベーオウルフ』！」

読子はしゃかしゃかと、稀覯本《きこうぼん》の展示棚《てんじだな》に近づいていった。『ベーオウルフ』はスカンジナヴィアの英雄を描いた古英詩で、大英図書館が所有しているのはその写本だが、それでも一一世紀、一〇〇〇年も前の超稀覯本だ。

さすがにこのクラスのものになると、ハイパーアクリルのカバーを厳重にかけられ、直《じか》に触ることはできない。そもそも元の羊皮紙《ようひし》からして脆《もろ》くなっているため、紙の台紙に固定されているのだ。

それでも、読子はうっとりと眺めている。

僕はロンドンやマンチェスターで、理解もできないアクセサリーを買わなくてよかった、と心底思った。彼女を喜ばせるには、やはり本が一番である。それしかないのだ。

「！　これって、『不思議の国のアリス』の直筆《じきひつ》原稿じゃない!?」

隣のケースに移動し、目を光らせる読子に、僕はささやかに説明する。

「正確には、『地下の国のアリスの冒険』だよ。挿し絵はルイス・キャロルことチャールズ・ラトウィッジ・ドジソン本人だ」

「すごい！　！　ねぇ、こっちはモーツァルトって書いてあるけど!?」

読子は棚から棚へ、ケースからケースへ、踊るように身体《からだ》を移動させていく。その姿が、流れる音楽と妙に調和しているので、僕は楽しくなった。

「『ジェーン・エア』！　ダ・ヴィンチのノート！　夢の国にいるみたいだわ！」

浮かれすぎたのか、足がよろける。僕は慌《あわ》てて手を出し、彼女の腰をすくった。

「！　……ありが、とう……」

僕たちは、正面から密着する姿勢になった。

「……誕生日、おめでとう……」

僕はまだ、彼女にそう告げていなかったことに気がついた。

「……忘れてくれても、よかったのに……」

どこまでも本心と逆を言い張る彼女だが、瞳には喜びがあふれている。

「……でも、私は、今日のことを一生忘れないわ」

「…………………………」

女王陛下《へいか》の名前まで出したのだ、ジョーカーも嘘《うそ》はついてないだろう。僕は、彼女をきちんと立たせて、その手を取った。

「誕生日だ……踊ってみないか？」

彼女はまさに、〝鳩《はと》が豆鉄砲《まめでっぽう》をくらった〟としか形容しえない顔を作った。

「わっ、私……踊ったこと、ないしっ……」

「僕もだ」

平然とした僕の態度に、読子は首をかしげた。

「じゃあ、どうして？」

「……だから、恥ずかしがる必要がないから……」

その理由を吟味《ぎんみ》して、読子は微笑した。


僕たちは、キングズ・ライブラリーの中で、二人だけのワルツを踊った。

いや、それをワルツと言ったら、世界中のダンサーから抗議をうけるだろう。僕たちは優雅さも華麗《かれい》さも持ち合わせず、ただ互いの身体《からだ》を音楽にあわせて回転させただけだった。本や紙に身を潜《ひそ》めた先人たちの目には、さぞかし滑稽《こっけい》に映ったことだろう。

もちろんその間にも、

「ドニー！　ウィルフレッド・オーウェンよ！」

「背を反らしてごらん、『シェークスピア全集』の二つ折り判だよ」

「ああ、今『バーブル自叙伝《じじょでん》』と目があったわ！　恥ずかしい！」

稀覯本《きこうぼん》のケースを覗《のぞ》き込んだり、未整理の本を調べたりすることも忘れなかった。

僕らは本と一体になっていた。偉大なる書物に囲まれて、高揚《こうよう》していたのだった。

繋《つな》いだ手の先に一冊の本を挟《はさ》み、二人で読んだりもした。あらゆる読書のパターンを試みた。馬鹿馬鹿しくも、濃密な読書の時間を過ごしたのだ。

しばらくして、読子が気づいた。

「…………花！　花が降ってくる！」

指摘されて、僕も頭上を見た。吹き抜けの上にある本棚《ほんだな》から、紙が舞い落ちてきた。それは小さな蕾《つぼみ》状のものだったが、宙を落ちてくるうちにゆっくりと開き、花の形へと変わった。ひらひらと回り、踊り、僕らのもとに降り注いだ。

僕にはわかった。ジギーの仕業《しわざ》だ。他の誰にもできるわけがない。おそらく時限性で開花する紙の花を、あらかじめ仕込んでおいたのだ。

先日、「用が入った」と言っていたのはこのことか。

そのうちの一つ、まだ開きかけの蕾が、読子の髪に留まった。

「……紙……？」

読子の手が、それに触れると、途端に蕾が開いた。

「………………………………」

僕はそれを、じっと見ていた。なにか違和感があった。ジギーの花は、自然と開くように作られたものだ。それはわかっている。しかし……今の開き方には、他と異なっているような気がしたのだ。なにがどう、と説明できるものではないが。

「ドニー？」

僕は慌《あわ》てて、その疑問を振り払った。錯覚《さっかく》だった。自分をそう、納得させる。

「これも、友だちの仕業《しわざ》だよ。……それにしても、掃除《そうじ》は誰がするのかな」

僕のつぶやきに、読子は笑った。紙の花を頭に乗せたその姿は、年相応の少女だった。

高揚《こうよう》の後、僕らは床に座りこんでいた。背中をあわせて、少し熱くなった身体《からだ》をクールダウンする。僕は特に、任務の疲労もぶり返して、睡魔《すいま》にも囚われかけていた。

「……こんな誕生日、初めて。まるで、おとぎ話の中に入ったみたいな気分……」

シンデレラでも夢想しているのだろうか。僕は背を向けたまま、ずっと気になっていたことを問いかける。

「……読子」

「なに？」

「どうして、あれからずっと、図書館に来なかったんだい？」

「…………………………」

読子は黙った。背中から伝わる温もりも、急に冷めたような気がした。

「……なにか、言いたくないような事情があるんなら、いいけど。ひょっとして、僕が君を傷つけるようなことをしたんだったら……」

「違うの！」

その言葉は、温度の下がった室内に大きく反響した。

「……その逆。私、誕生日のことを図々《ずうずう》しく話したから……あなたに嫌われたんじゃないかって、思って……家で、自己嫌悪《けんお》になってた」

そういうことだったのか。

「……家で、ずっと思い出してたら……私、あなたに生意気なことばっかり言ってきたんだって、気がついて……そしたら、なんだか会いづらくなっちゃって……」

「……別に、気にすることないさ。僕は、君と話してると楽しいよ」

読子は首を動かして、僕のほうを向いた。

「本当!?」

「ああ……確かに君は、生意気なところもあるけれど……でも、嘘《うそ》はつかないし、真面目《まじめ》だし、素直だし……変な話だけど、妹ができたみたいに思ってた……」

「妹……?」

その時の声は、わずかに変質したような気がした。

「……君と、君と本が、お互いに成長していくのを見るのは、楽しいよ」

紙の花が、床に散らばっていた。まるで僕らは、お花畑の中にいるようだった。

「だから……また、あの図書館で会えると……嬉《うれ》しいんだけどな」

しばらくの間をおいて、読子は額《ひたい》を僕の背中に当てた。彼女はそのままの姿勢で、小さな声でつぶやいた。

「しかたないな……相手して、あげる。……でないとドニー、寂しいだろうし」

「……助かるよ」

ふっ、と額が離れた。いつのまにか彼女は、僕に向かって正座をしていた。

「でも、条件があるの。……考えてみたら、私、まだドニーから誕生日のプレゼントを貰《もら》ってないわ」

「え？　ああ、そうだったね……」

そのプレゼントで、僕がどれだけ悩んだことか。

「これって、親切な友だちさんが準備してくれたんでしょ？　さっき、入口でドニーも驚いてたし。それにはすっごく感謝するけど、こうなったら私、ドニー自身からも、プレゼントが欲しいの。……もう、欲張りって言われても平気だわ。どうせ、妹だし」

最後のセンテンスは、あまり文脈と関係がないような気がした。しかし読子の瞳はなにか決意を秘めている。反論しても通じまい。

「……わかってるよ。……明日じゃダメかな？　忘れてたわけじゃないんだけど、プレゼントを選ぶ時間が無かったんだ」

「ダメ。今夜のうちに、欲しいの。だって明日になったら、夢は覚めちゃうような気がするんだもの」

思いの外《ほか》、今夜の読子はわがままだった。しかしもう、時計は夜の一時を回っている。本屋はおろか、アクセサリーショップも開いてないだろう。

「困ったな。……でも、なにが欲しいんだい？」

読子は僕から目を逸《そ》らし、俯《うつむ》いた。

「……ドニー。蔵書印《ぞうしょいん》って、知ってる？」

蔵書印とは、愛書家が自分の蔵書に押す、オリジナルのスタンプだ。

「知ってるけど。……僕は、本にスタンプを押す習慣はないよ」

前髪と、メガネの下で、読子の顔がこれ以上は無理、というぐらい赤くなった。

「……本じゃ、なくていいんだけど……………私……私に……今夜の記念に……スタンプを、……つけて、くれない……かな……？」

最後のほうはもう、消え入りそうな小声だった。

「……………………」

その発言に、僕は言葉を継げないでいた。呆然《ぼうぜん》と口を開け、まぬけに読子を見ていた。

読子が、ゆっくりと顔を上げた。瞼《まぶた》を閉じたままで、ほんのわずか、唇が盛り上がっていた。なにかを待っている、表情だった。

僕は魅入《みい》られたように、彼女を見つめていた。

彼女の言葉で。この態度で。なにが求められているかわからない男はいない。

しかし、それをすることは、なにを意味するのか？

決まっている。僕の人生に、彼女を関わらせることになるのだ。僕にその資格はあるのだろうか？　彼女の人生に関わって、責任を取れるのだろうか？

様々な考えが、頭の中を通り過ぎていった。その間、読子はずっと目を閉じたままだ。僕が思ったほど、時間は経っていない。……とはいえ、いつまでも彼女をこのままにしておくわけにもいかないのだ。

僕は、なるべく力を感じさせないように、肩に手をおいた。しかし彼女は敏感に、身を震わせる。緊張が、僕にも伝染した。

じっと見つめると、その眉《まゆ》が、わずかながら内側に寄った。精一杯の勇気で、次に起こることを待っている。

だが、僕は彼女に応《こた》えるわけにはいかない。何度も繰り返すが、僕とこの娘は住む世界が違うのだ。どれだけ話があおうと、気持ちがわかろうと、その先に進んではならない。

「読子……君の気持ちは嬉《うれ》しいよ、でも……応えることは、できない」

そう言うつもりだった。つもりだったのだ。

しかし次の瞬間、僕は彼女の額に、くちづけしていた。

「……………………」

なぜ、そうしたのかはわからない。ただ、嘘《うそ》のない行動だったと思う。色々と考え、理論だて、自分に言い聞かせていたことが……すべて、吹き飛んだ。

いつ唇を離したのか、覚えていない。

気がつけば、読子は僕の目の前で、額《ひたい》に手を当てていた。頬《ほお》を赤らめたまま、わずかに不満そうな、それでいて安心したような表情で。

僕はといえば、彼女より赤くなった顔を見られまいと、懸命《けんめい》に背を向けていた。

「………………帰ろうか。もう遅いし……」

「…………うん…………」

言葉少なに僕らは立ち上がり、ドアをノックした。


「お疲れ様。……外は寒いから、飲んでって」

玄関ホールのテーブルで、マリアンヌが待っていた。

にやにやと、チェシャ猫のような笑みを浮かべている。まさか彼女、ホールの中のことを聞いてたんじゃないだろうか?

「もう帰ってきてたのかい?」

「今日の午後。これにまにあうように、大急ぎでね」

どうやら特殊工作部あげての一大作戦だったらしい。ここのところ忙しかったし、いい気分転換にもなるのだろう。

「あなたが読子ちゃんね、こんにちは」

「こ、こんにちは……」

読子は、マリアンヌに笑顔を向けられて、小さく頭を下げる。彼女は初対面の人間に対して、人見知りをしてしまうのだ。それがなぜ、僕には平気だったのか。不思議に思って訊《き》くと、「ドニーは、私より弱そうで、のんびりしてたから」となかなか分析《ぶんせき》のし甲斐《がい》がある答えが返ってきた。

テーブルの上には、ティーセットが用意してあった。これもジョーカーの指示で、とのことだ。どこまでも気配りの男である。

「明日は大変よ。開発部が総出で、掃除《そうじ》するんだって」

あのホールの、紙の花のことだ。スタッフも、ジギーの思いつきに振り回されて、いい迷惑だろう。……確かに、ロマンチックな雰囲気《ふんいき》にはなったが。

僕はティーカップに口をつけて、少しだけ眉《まゆ》をしかめた。この紅茶もやはり、アッサムだったからだ。

読子は僕をちらりと見て、すぐに目をそらした。紅茶が必要ないほど顔が赤いのだが、錯覚《さっかく》だろうか。

「飲み終わったら、特殊工作部の車で送るから。……あなたも、疲れを癒《いや》してちょうだい」

セリフの前半は読子に、後半は僕に向けられたものだ。

「僕も送ってくれるのか？」

「それはジョーカーに指示されてないわね。タクシーでも呼んで帰って」

ひどい扱いの差だ。しかしマリアンヌは読子が気に入ったらしく、笑ってティーポットを差し出す。まさに『アリス』のキャラクターだ。

「お代わりどう？　インド茶はお好き？」

「ありがとうございます。……あ、でも……」

読子は少しいいにくそうに、口ごもった。

「なに？」

「……どっちかっていうと、中国茶……正山小種《ラプサンスーチョン》のほうが、好きかな？」

僕は、読子だけに見えるよう角度に気をつけながら、小さく笑った。


一九九三年。

王室は、バッキンガム宮殿の一般公開を開始した。昨年に焼けたウィンザー城の修復費に当てるためだ。そんな事情があるにしろ、新図書館より宮殿のほうが先に公開されるとは。世の中はなにがあるかわからない。僕は二二歳になり、読子は一七歳になった。

僕は〝ザ・ペーパー〟としての任務を順調にこなしていた。ジョーカーは、結局前任が回復しないまま、統括《とうかつ》代理を務めている。正式に任命されても不思議はないのだが、各方面から〝横槍《よこやり》〟が入っているらしい。

読子は研究室の課程を終え、真剣に進路を考えなければならない時期にきている。

「父さんは、MＩ6に入れっていうんだけど」

ある日、穏やかな午後。僕らはいつもの図書館で、時を過ごしていた。

「私にスパイなんて務まらないと思うわ。……もっと、穏やかなお仕事のほうが向いてるのよ。……まあ率直に言っちゃえば、私は、本が読めればどこでもいいの。…………聞いてるの、ドニー？」

「あ？　ああ、聞いてるよ」

僕は借りだしていた本を閉じて、読子のほうを向いた。実はあまり、耳に入っていなかった。しかしここのところ、彼女が話すのは半分が本、半分が進路についての話題だ。

「……でもお母さんは、日本に戻って来いって言ってるんだろ？」

「？　……まあね。でも、向こうじゃ私、まだまだ子供扱いだし。普通なおシゴトには就《つ》けそうにないし。……でもドニー、今は父さんの話をしてたのよ？」

しまった、うっかりしていた。僕は微妙に会話のポイントを変更しようとする。

「そうだったっけ？　……で、君自身はどんな仕事に就きたいんだい？」

「だからぁ、本が読めればどこでもいいのよっ。やっぱり聞いてなかったんじゃない！」

読子は頬《ほお》を膨《ふく》らませて、口を突きだした。こんな素振《そぶ》りは、会った時からあまり変わらない。それでも、二年の月日が流れたのか。

「心配しなくても、本はどこでも読めるよ。日本は特に、出版大国だし」

「それでもっ！　なるべくいっぱい読みたいのっ！」

図書館を利用している学生が、気難しい顔して読子を睨《にら》んだ。彼女は慌《あわ》てて、口をつぐんだ。本当に、こういうところは変わらない。

「どうしてそんなに、読みたいんだい？」

「どうして？　ドニー、周りを見てみなさいよっ。こんなにたくさんの本があるのよ。しかも、これは全世界で出版されてる本のごくごくごくごく一部！」

順番に、棚《たな》に並んだ本を差していく。おもちゃ屋に入った子供が、品定《しなさだ》めをしているようで可愛《かわい》らしい。

「信じられない！　こうしてる今も、本は次々に発行されてるのに！」

「……ということはつまり、全ての本を読むことは物理的に不可能なわけだ」

つい、意地の悪いちょっかいを挟みたくなってしまう。

「わかってるわよぉ……。でもだからこそ、だからこそ！　読みたいんじゃない！」

繰り返す言葉に、力がこもっている。この二年で、彼女はより愛書狂《ビブリオマニア》の度合いを深めているようだ。その後押しをしたのは、おそらく僕なのだが。

「今でも、十分読んでるじゃないか」

彼女は本棚から、僕に向き直る。

「でもまだ、どこかに、私を心底感動させる本があるかもしれないじゃない。それを知らずに、人生を終えるなんてできないわっ」

本好きは程度の差こそあれ、そういう欲望を持っている。だから暇《ひま》さえあれば書店に通い、新たな出会いを求めるのだ。しかしそれを堂々と宣言する女の子も見たことがない。その〝熱さ〟に、僕はつい笑ってしまった。

「なにっ？　私、おかしい？」

「……いや、素晴らしい情熱だ。君ほど、本に情熱を燃やす人を見たことがないよ」

読子はついっ、と顔を逸《そ》らし、口を尖らせた。

「バカにしてるんでしょ！　子供っぽいって！」

こんなやり取りを、何度繰り返してきただろう。だが、最近の彼女は、本当に自分が進む道について悩んでいるようだ。……こんな時、僕がしてやれることはあまりない。

「…………バカになんかしてないよ」

僕がしてやれる数少ないことは、自分の経験から得た、考えを語ることだけだ。それにしたって、彼女の選択に役立つとは限らない。

「……読子。本を好きなことと、〝本を好きな自分〟が好きなことは、まったくの別物だ。わかるかい？」

言い回しの下手《へた》さに、我ながら腹が立つ。僕らはやはり、読む側の人間だと思う。しかしそれでも、なんとか伝えるしかない。……幸い、読子は僕の言葉を咀嚼《そしゃく》し、頷《うなず》いてくれた。

「……後者には、少なからず自意識が介入《かいにゅう》する。〝この本を読んでると、他人はどう思うだろう？〟わかりやすく言えば、そんなことだね」

実際、読書の何割かはそう行われている。本からなにを得るか、が問題ではない。どれだけ難しい本を読んだか、が重要なのだ。……そしてイメージの敷居は高くなり、読書人口は減少していくことになる。……あくまで、僕の意見だが。

「……前者はひたすらに純粋だ。誰になにを言われようと、どんな障害があろうと、読みたい本を求める衝動。それは恋愛にも似た、純粋な衝動なんだよ」

つい恋愛、という言葉を使ってしまい、僕は焦《あせ》った。見たところ、読子は特に気にしていないようだったが。

「……僕らに求められるのは、それだ。無償《むしょう》の、本を愛する心。叡智《えいち》の探求。そして、永劫《えいごう》に続く読書という道を登っていくことの力だ」

……ザ・ペーパーとしての任務は、きれい事だけではすまされない。この二年だけでも、僕は何度も法の向こう側に、足を突っ込んだ。

そんな時、幾度も心中で唱えていたのが、この言葉だ。免罪符《めんざいふ》のようなものかもしれないが、僕は、自分がしていることを信じなければいけない。

そうでなければ、どうして「本が好き」などと言えるだろう。

……もし、そんなことを言える人間がいるとすれば……。

「それがあれば、紙は、本は、必ず応えてくれる。どんな運命をも、障害をも乗り越えて、君のもとへやってくるはずだよ。君を、感動させるために」

僕は、読子を見つめた。長い時間、黙ったまま見つめた。

逆光で、僕の表情が彼女に見えているかはわからない。

しかし、そのほうがいい。

僕はきっと、最も彼女に見られたくない顔をしていたはずだ。

「君は、今その力を摑《つか》もうとしている。願わくば、その力が君を幸福にしてくれるよう」

僕は胸の前で、十字を切った。

「〝紙〟が、君と共にあらんことを」

僕はきっと、彼女と別れることになる。その時、彼女を護《まも》るのは本だ。紙だ。

二年前、あのホールでの場面がずっと頭に残っている。ジギーの紙を、〝自分の才能で〟開花させた力。彼女は紙に愛されている、と知った場面。

最後の最後、彼女の胸に抱かれるのは本だろう。紙なのだろう。

「……………………………………」

読子は、少し赤らんだ顔で僕を見ていた。言うべきことは言ったが、判断するのはあくまで彼女だ。

「ドニー……は、大英図書館に勤めてるのよねっ」

「ん？　あ、ああ。まあ、そうだけど……」

今さらなぜ？　そう聞こうとしたが、言葉にならなかった。

「大英図書館……」

読子は目を輝かせ、初めてその言葉を口にするように、震えた声でつぶやいた。

「……決めたわ！　私もそこに行く！　司書の資格を取って、大英図書館に就職する！」

その宣言は、僕を驚かせた。

「……なぜだい、それは？」

「だって、それが一番いいじゃない！　大英図書館は世界一本があるところだし、…………ドニーだっているわ！」

盛り上がる読子に、さっきの学生が注意しようと立ち上がる。しかし、今の彼女からはなにかオーラでも出ているのか、眉《まゆ》をしかめて見ているだけだ。

「そしたら私たち、今よりもっともっと、本の話ができるわ！　私の好きな本をあなたに薦《すす》めて、あなたの好きな本を私が読むの！　そしたら面白い本にあう確率は倍になるし、なにより……とっても楽しいわ！」

学生が、肩をすくめて席に戻った。

僕も圧倒されていた。

彼女は日本に戻り、書店に勤めるか教員になるか、やはり図書館の司書になるのが一番幸福に思えた。わざわざ本の裏表紙を覗《のぞ》き込むことはないと思った。

……だが、僕はまた、自分の意としない行動をとってしまった。あの夜のように。

「……そうかもしれないね」

笑ってしまったのだ。微笑で、彼女を肯定してしまった。

「……わかった。待ってるよ。君が大英図書館に来るのを」

読子も微笑を返してきた。彼女はなぜか、僕を変える力を持っている。

その力に、また動かされてしまった。

図書館に満ちる、静謐《せいひつ》な空気までが、動いたような気がした。

エピローグ

大陸に、夜が来ていた。

都市部を除くと、中国の夜は本当に暗い。山間《やまあい》では木々に月光も遮《さえぎ》られ、伸ばした手の先が見えない、完全な闇となる。

その中で息を弾《はず》ませるのは、獣《けもの》だ。山犬、鼬《いたち》、貂《てん》、……狩りに出た彼らは、ガサガサと音だけを残し、獲物《えもの》の息を止めていく。

一見、穏やかに見える夜の下で、毎日繰り返される殺戮《さつりく》の嵐。

しかし、今夜はそのパワーバランスが変化していた。

山犬たちは、林の中を逃げ回った。本来狩りをするべき彼らが、ただ生存することだけを求めて、無我夢中で走っていた。

なにか、得体《えたい》のしれないモノがいる。

そしてそれは、俺たちよりずっと強い。

それは、ジェントルメンの残した、進化した怪物たちである。

読仙社《どくせんしゃ》壊滅の範囲から逃れた彼らは、命令する主を失い、自然へと帰ってきた。それは、新たな生態系の構築でもあった。

かつてウサギだった生物が、極端に進化した爪《つめ》で犬の腹を裂《さ》く。吐き出した内臓を囮《おとり》に、近づいてきた鼬《いたち》を魚が喰う。鳥は熊に毒液をふきかけ、目を爛《ただ》れさせてからクチバシで突き殺す。

動物学者が仰天《ぎょうてん》しそうな光景が、闇の中で広がっていた。

「…………………………」

その森に、一人の男が入ってきた。冷たい、ガラスのような目を持つ男だ。彼はまるで、〝見えている〟ように顔を動かす。

血と、唸《うな》り声と、敵意が向けられてくる。

獣のそれだ、いや、獣を狩るバケモノのそれだ。気の弱い人間なら、その場で失禁でもしそうなほどだ。

だがしかし、男は微動だにせず、闇の中を見つめている。身体《からだ》どころか、顔の筋肉一つ動かさない。感情というものを切り落としたように、無表情、無言のままだ。

樹の枝から、ナメクジがドロリと身体を垂れ流す。ナメクジといっても、その身長は四メートルにまで及ぶ。巨大な軟質液の塊《かたまり》である。

それは、じるりじるりとゼリー状の身体を蠕動《ぜんどう》させて、男に近づいていった。移動した軌跡に液体が残り、付着した草をゆっくり溶《と》かしている。

男の前で、ナメクジは前半身らしき部分を上げた。口らしき、開いた穴には歯を兼ねた毛がびっしりと生えている。その名称、生態すらわからなくても、次の瞬間、ナメクジが男を食するのは、容易に想像できた。

しかし、口を開いたのはナメクジだけではなかった。男も、そうしていたのだ。ずっと小さく、ずっと白く、ずっと少ない歯の間から、音が漏れ出ていた。

森の中で、異変が起きた。風が吹いたのだ。

しかしそれは、彼らの知るところの風ではなかった。四方八方から不規則に吹きつけ、なおかつ音を伴っていた。

喰うもの、喰われているもの、誰一人としてその概念《がいねん》を理解できるものはいなかったが、それは〝歌〟だった。

初めて経験する〝歌〟は、同時に死をもたらした。

風に乗って、歌に運ばれ、何万枚もの紙が飛来したのだ。それは、闇の中で蠢《うごめ》くものたちを、分け隔《へだ》てなく切り裂いた。

血の匂《にお》いは濃くなり、悲鳴は高くなった。ただ、闇だけが変わらなかった。

ナメクジは、本来そう認識されるほどの大きさに刻まれて、体液を撒《ま》き散らしながら崩《くず》れていった。

なんだこれは。

彼らに死をもたらした男――凱歌《がいこー》は、心中でそうつぶやいた。

読仙社本部に、いや本部があった場所に戻り、惨状を見た後である。惨状――そう呼ぶにふさわしい。なにも、ないのだから。

宿舎も、訓練場も、書庫も、畑も、……連蓮《りんりー》がいた部屋も。なにもかも、失われていた。ただ、瓦礫《がれき》と炭と崩壊《ほうかい》した岩があるだけだった。

ナンシーを逃がした後、凱歌は帰還するように、王炎《おうえん》に命じられた。読仙社にて非常事態が勃発《ぼっぱつ》した、とのことだった。

それから何度か通信を試みたが、一向に繫《つな》がらない。不審に思って自分一人、戻ってみればあの惨状だった。

この、怪物たちの仕業《しわざ》か？

そうは思えない。自分の声一つで倒れるシロモノだ、王炎たちの相手など、不可能だ。

あの、紙使いか？　しかしおばあちゃんを誘拐《ゆうかい》したのはあいつだと、王炎が言っていた。捕まったにせよ、逃げおおせたにせよ、これほどの惨劇に発展するとは思えない。

おそらく、自分では想像もできないほどの、なにかだ。

他の支部に連絡してみよう。なにか情報が、回っているかもしれない。

ただ一つ。今の時点で、確実に言えることは。

自分はまた、故郷を失ったということである。

皮肉な話だが、悲劇に飲まれれば飲まれるほど、自分の力は上がっていく。連蓮の思い出が、そこかしこに残っていた読仙社は、ただの黒い穴と化した。誰の仕業か知らないが、こんなことをした奴を、赦《ゆる》せるはずがない。

必ず探し出し、俺の〝歌〟を聞かせてやる。

凱歌は身を翻《ひるがえ》し、森を後にした。

わずかに差した月光が、彼の影を長く長く地に落とす。


正確な時間はわからないが、チャイナたちと分かれたのは多分昼過ぎ。

預かった髪を燃やしたのは、夕陽がもう沈もうとする頃だった。なぜそれほど時が過ぎたかといえば、単純に火を点けるのに手間取ったからだ。

読子《よみこ》はほほう、と息をつき、手にできたマメを見た。

「チャイナさんも、王炎さんたちも～～～。マッチか、ライターぐらい置いてってくれてもよかったんですが～……」

なまじ自分がなんでもできるため、そういう配慮《はいりよ》は薄くなるのだろうか。読子はそんな、少々勝手なことを思っていた。

一応、ＭＩ６にいた時に、サバイバル訓練は受けている。受けただけだが。

脳の波間に埋もれていたその経験をどうにか引きずり出し、木の枝を擦《こす》りあわせて火を起こした頃には、手が痺《しび》れかけていた。

「魚とか取れたら、ごはんにできるんですが……」

指をくわえて河を見つめるが、そんなハンティング能力が皆無《かいむ》なことは、自分が一番よくわかっていた。

それにしても驚いたのは、チャイナの髪である。

火にくべてもう四、五時間は過ぎているはずだが、一向に燃え尽《つ》きる気配が無い。燃える炎の中で、キラキラと金の針を束ねたかのように輝いている。

匂《にお》いは正直、よくわからない。枝が燃える香りのほうが強くて、嗅《か》ぎ分けられないのだ。

「……まあ、ジェントルメンさんにはわかるんでしょう……」

読子はあまり深く考えないことにした。

良きにしろ悪しきにしろ、二人には二人の、特別な者どうしの絆《きずな》があるのだ。

それは恐らく、かつての自分とドニーのようなもので……。

「…………………………」

読子は握り拳《こぶし》を作り、こつん、と頭を叩いた。

山の中、一人で炎を見ていると、やたらにドニーのことを思い出していたのだ。出会い、話したこと、思い出、初めての……。

読子は額《ひたい》に手を当て、頬《ほお》を赤くした。

いけないいけない、考えないといけないのは、もっと別のことだ。ジェントルメンを、チャイナと和解するように説得するのだ。

不可能ではないと思う。この数日、予期しない展開でチャイナの人となりを知ることになった。能力こそ常人とはかけ離れているが、考え方にはあまり差がない、とも思った。

なら、後悔《こうかい》や、過去を懐《なつ》かしむ心や、仲直りをしたい気持ちも同じなはずである。少なくとも、チャイナはそれに気づいている。

死は永遠に人を分かつ。来世や死後の世界はこの際問題ではない。自分たちが生きている世界で、死ぬということは、完全な〝別れ〟なのだ。その後で、何千回後悔しても遅いのだ。だからこそ、仲直りは今、しなければならない。

「あ〰〰〰、でもなぁ〰〰〰〰」

ジェントルメンに、何度か会ったことはある。

しかしどの時も、挨拶《あいさつ》や顔見せや、世間話（？）のレベルだった。彼の性分を理解するほど話しこんでいないし、向こうが自分の意見を聞くほど意識しているかは疑問だ。彼から見れば、自分は組織のずっと下っ端にすぎないのである。

「…………………………」

落ち込みそうになる自分を感じ、読子はメガネに手を当てた。しばらく、そのままの姿勢で目を閉じる。

……メガネは、実に多くのことを教えてくれる。

他人にとっては、ただのメガネだ。だが自分には、本と同じぐらい大切なもので、心の拠《よ》り所《どころ》なのだ。

このメガネがあるから、自分はどんな状況におかれても絶望しない。あきらめはしない。このメガネがある限り、自分は一人ではなく、二人だからだ。

「…………………ドニー……」

もし、と思う。もし自分とドニーが、互いを理解できないままで死に別れていたら。自分はこのメガネをかけることができただろうか。今こうして、任務を続けていただろうか。……本を読むことができただろうか……？

「……………………………お願い、ドニー。力を貸して……」

また、彼のことを考えてしまった。だが、今度は思い出ではない。

今ここに、彼女と一緒《いっしょ》にいるドニーだ。

「…………よしっ」

読子は拳《こぶし》に力を入れ、自分の中の〝やる気〟を引き起こした。

「ジェントルメンさんだって人間だもん。話したら、きっとわかってくれる」

彼が読仙社で執《と》った行動を目《ま》の当たりにすれば、そんな言葉が出てくるかは疑問だが。

とりあえず、説得をシミュレートしてみる。

「えーっと、エージェントの基礎講座で、交渉術《こうしょうじゅつ》もあったけど……」

それは、脳内で〝火の起こし方〟よりは発掘しやすい場所にあったが、ところどころが穴あきだった。

「……とにかく、相手の言うことに『NO』を言わない。自分と相手の共通事項を並べて、ある種の信頼関係を作る……交換条件を用意し、決して譲歩《じょうほ》しない……」

なんとかそこまでは思い出したが、どれもジェントルメンに当てはまるのか、考えるほどわからない。そもそも自分とジェントルメンの共通事項はなんだろう？

「……両方、英国側の人間……」

ということは、チャイナの敵である。その理論でいけば、自分がやろうとしている行為は、つまり裏切りではないか。

「ああっ、しまったっ……」

頭を抱えてしまう読子だった。

「……本来こういう時こそ、ジョーカーさんが出てこないと……そうです、ジョーカーさんはなにしてるんですかっ」

自分の出国後、英国で起きた事態の変転を知ったら、読子も驚くことだろう。

「……まあしょうがないや。とにかく、私がやらないことには話が進まないんだから」

独《ひと》り言《ごと》が多いのは、森の闇を警戒しているせいかもしれない。『そばかす先生』以外の本が読めない飢《き》餓《が》感かもしれない。

「あんまり悩んでもしょうがないよね。最初からズバーン！　と切り出さなくちゃ。そうっ、こう、指差して……」

ついっ、と指を森に向けてポーズを取る。

「最初にインパクトを与えて……『ジェントルメンさん！　あなたは間違ってますっ！』」

そのセリフが言い終わらない間に。

背後の河で、ズバーン！　と着水音がした。

「ひえええぇっ！」

弾《はじ》かれたように、読子が転ぶ。盛大に立ち上った水は、雨粒のように降り注ぎ、読子の努力の結晶である焚《た》き火《び》をあっさりと消してしまった。

「うわわわっ……！」

水の流れなど無視して、それは強引に岸へと上がってきた。月光を背に仁王立《におうだ》ちを決め、読子を見下ろす。

「………………」

しばらくの沈黙を経て、それは口を開いた。

「…………読子、か？」

「…………ジェントルメン…………………さん………？」

雫《しずく》に濡れた身体《からだ》を見て、危うく読子は卒倒《そっとう》しそうになった。ジェントルメンは、全裸《ぜんら》だった。読仙社を破壊して、そのままここへやって来たのだ。

最初っから多大なインパクトをくらい、読子の交渉《こうしょう》は圧倒的不利でスタートした。


賢人は、どんな難局からも智恵を得ることができる。

その言葉が、今のジョーカーを支えている。特殊工作部司令室は、さながら野戦病院だ。不《ふ》眠不休《みんふきゅう》でスタッフがジェントルメンの〝後始末〟、国外のみならず国内からの〝説明要請《ようせい》〟に応えているのだ。

「……ウェンディ君、お茶をくれませんか……？」

「ウェンディは、二日前から欠勤よ」

アイスティーより冷たい言葉が、マリアンヌから返ってきた。彼女は渉外《しょうがい》の責任者だ、この三〇時間での多忙さはジョーカーに匹敵《ひってき》する。

「……いないことにさえ、気づきませんでしたよ。理由は？」

「さあね。悪いけど、気になるんなら自分で電話してちょうだい」

彼女とのつきあいは一〇年を越える。その失礼な物言いが、今はなぜか心地よい。

「……いや、結構」

お茶汲《く》み、見習いだ。他でも十分用は足《た》る。

「……もう抑えきれないわ。ジョーカー、一二時間後に説明会見を開いて。でないと、本気で戦争でも始まりそうよ」

「……ジェントルメンから、連絡は?」

通信席のスタッフが、やつれた顔で首を振る。

「ありません……ロストしたまま、どこにも……」

散らかすだけ散らかして、ほったらかしか。外見は老人でも、中身は駄々《だだ》っ子と変わらないな。ジョーカーは、そんな感想をすぐに打ち消した。今の彼を見て、老人と言う者はいないだろう。

「ジョーカー!」

マリアンヌの声が、尖《とが》った。

「わかりました。……一二時間後に、私が説明します。各国には、そう伝えてください」

「ありがとう! 愛してるわ、ジョーカー」

マリアンヌはすぐにデスクに向き直り、ホットラインを開いていく。

「……そのかわり、一足先に休息させてもらいますよ……。自室にいるんで、三時間経ったら起こしてください」

ゆらっ、と席を立つ。わずかによろめいたが、皆自分のデスクに着きっきりで、気づく者などいなかった。

権力など、突き詰めると、こういうことか。

ジョーカーは、久しぶりの自室に戻った。澱《よど》んだ空気が、クッションのように柔らかく彼を包む。慣れた心地よさに、本当に眠りそうになるところだった。

「……その前に、と……」

デスクに座り、端末《たんまつ》を開く。

アンティークな装飾つきのディスプレイに、世界地図とデータが広がった。

「さぁて、お友だちは誰ですか……?」

この一二時間、レーザー攻撃前と攻撃後、各国首脳は特殊工作部になにを言ってきたか。その音声データ、文書、現地での報道などのファイルがずらずらと並んでいく。

一応、誤射《ごしゃ》として第一報を報じてある。アメリカの対応は友好的だ。国連は、強い口調で抗議しているが、実際行動に出るのはずっと後だろう。中国の沈黙は意外だが、当のチャイナの判断待ちなのかもしれない。東シナ海での騒動もあるし、様子見を決め込んでいるのだろう。

これが北京《ペキン》か上海《シャンハイ》なら大騒ぎだが、(公的には)人里離れた山の奥の奥など、普通は話題に上らないし、読仙社の位置を公《おおやけ》にされるのは、彼らも困るはずなのだ。

その他にも日本、韓国、インド、北朝鮮、フランス……主要国、そうでない国家、手に入る限りの情報が流れてくる。

これは、スタッフでもごく一部にしか報《しら》せていない、ジョーカーのトップシークレットだ。マリアンヌすら知らない。

賢人は、どんな難局からも智恵を得ることができる。

つまりこれは、現状で最新の各国関係図なのである。今の英国にとって、ジェントルメンにとって、誰が味方か誰が敵かを知る、報告書だ。

レーザーを発射した時に、この算段があったわけではない。しかし思いつき、作り上げたものは有効利用させてもらおうじゃないか。

「…………………………」

目を閉じても、あのジェントルメンの姿が見える。

爆発から歩き出し、サラマンダーを見上げたあの顔。ジョーカーの心中を見通すような、直線の眼差《まなざ》し。

あのバケモノに、俺たちはあと何万年、仕えるのだろうか？

ジョーカーが注目しているのは、友好よりもむしろ敵対しているデータである。アジアの一部を除《のぞ》けば、彼らはジェントルメンの存在を知っている。

知ってて、抗議の声をあげているのだ。

……ならば。彼らを取り込むことは可能だろうか？

……例えば。例えば、である。ジェントルメン亡き世界で、新しい英国との関係設立は可能だろうか？　暴力ではない、策略による世界の統一は可能だろうか？

ジョーカーは、データを前に最後の夢に酔《よ》う。あと三時間かそこらで結論を出さなければならない、短い夢だ。

「夢見てないで、夢になるのよ！」

とはずっと昔に見たミュージカルの歌詞である。

ジョーカーは、紅茶を猛烈に求める喉《のど》を鳴らして、溜まった唾《つば》を飲み込んだ。

……そもそも。ジェントルメンを葬《ほうむ》ることは、可能なのか？

それには、大きな疑問を持たざるをえない。あの肉体がどれだけ不死身なのか、知る者はいないのだ。読仙社で倒れた、敵たち以外には。

しかし、彼とて人間だ。

能力こそ常人とはかけ離れているが、肉体構成には差がないはずだ。限度というものもあるだろう。だから緩《ゆる》やかではあれ、老いていったのだ。不可能ではないと思う。

もっと、より強力な、より破壊力のある攻撃を与えれば、あるいは……。

ジョーカーは、誰にきかせるともなく、一人運命の選択をつぶやいた。

「…………使おうか、核兵器」

（つづく）

あとがき。（↑今回は『。』がつきます。なっち卒業の記念に）

あとがきだー！　あとがきだー！　というコトは作業が終わったのだー！　フゴーとイビキをかくオイラの向こうで「いい気なもんだなこのクソガキが！」と怒髪天《どはってん》をつきそうな羽音さん長井さん丸宝さん他関係者皆様の『サル編』的フェイスが浮かびあがるセッパツマ状況。もう謝りの言葉も浮かびませんがそれでも謝るオレだ！　ごめんなさい。決して怠《なま》けていたワケではないのダガ！　その証拠にほうらこんなにパンツが臭い。これ誰のネタだったっけ!?

今回はテレビシリーズのシナリオが終わるなり、だーっと突入してがーっと書いてばーっと戻ったりえーんと泣いたりイテテテと腰をさすったり「CDの停止ボタン押すのめんどくさい」ってな理由でスウィッチの『たまるか』（アニメ『稲中《いなちゅう》』OP《オープニング》『満員電車ひとめぼれ』のカップリング曲。弩《ど》名曲だがそもそも知ってるヤツはいるか!?）を六時間連続で聞いたりしながら書きあげました。ゴハンはずっとコンビニ弁当とカップラーメンです。そんなコトをしてたら牛丼が風前の灯火《ともしび》に！　大変ですな世界は！

ていうかコッチの世界もケッコー大変気味で、具体的にはジェントルメン、九巻目にして大暴れ＋全裸《ぜんら》でゴー！　という益荒男《ますらお》っぷりでまだまだ若い者には負けてられませんなぁ、と。ワカチュキバリにダンナを罵《のの》しるチャイナさんも飛んだり跳ねたり説教したりで、老人チームは元気イッパイ。

そのあおりをくらったか、英国チームはサブに回ってもうどこへ行くのか見当もつかない旅の仲間たち。なんとなく全員ゴクリ。書いてる自分もオマエ別人ちゃうかと疑う昔の読子《よみこ》のオトメっぷりも、ある意味暴走。この先どうなるかは紙のみぞ知る。

しかし作者として一番気にかかるのはねねね＋ウェンディの女二人ぶらり旅ヒマラヤ越え編だったりもしますが。

まあ次巻は次巻で。今度こそ。ええ、もう今から書き始めますから。マスカラ。マスカラス。ドスカラス。俺たち覆面ブラザース。ダメだ！　今日のぶんの脳細胞はもう使い果たしてしまったヨ！（入稿二時間後のナマナマしい声）

そんなワケで次こそは。次こそは。狼が来たぞ狼が来たぞと。いやいやそんなコトは。なっちもソロでがんばってるんだ、俺だって！　みたいなノリで。ええ。

巻数も二ケタになろうというのに、いつまでたってもアトガキが苦手な私です。すいません。いや謝ることないよな！　俺ガンバってるよ！　今も『たまるか』かけっパナシだし！

ではまた。これ以上続けても無意味だ！　と私の脳細胞が判断しましたので、次の機会に。ナジミの本屋さんで会いましょう。マスター、今日入荷の新刊全部くれ！

執筆中、ヒゲの中に白髪を発見した　倉田英之

R.O.D. 第九巻
READ OR DIE　YOMIKO READMAN "THE PAPER"

倉田英之
スタジオオルフェ

集英社スーパーダッシュ文庫

2004年 2 月28日　第 1 刷発行
2016年 8 月28日　第 3 刷発行

★定価はカバーに表示してあります

発行者　鈴木晴彦
発行所　株式会社　集英社
〒101-8050　東京都千代田区一ツ橋 2-5-10
03(3239)5263(編集)
03(3230)6393(販売)・03(3230)6080(読者係)
印刷所　株式会社美松堂／中央精版印刷株式会社

ISBN978-4-08-630169-5 C0193

第一巻

大英図書館の特殊工作員・読子は本を愛する愛書狂。作家ねねねの危機を救う！

第二巻

影の支配者ジェントルメンはなぜか読子に否定的。世界最大の書店で事件が勃発！

第三巻

読子、ねねね、大英図書館の新人司書ウェンディ。一冊の本をめぐるオムニバス。

第四巻

ジェントルメンから読子へ指令が。“グーテンベルク・ペーパー”争奪戦開幕！

第五巻

中国・読仙社に英国女王が誘拐された。交換条件はグーテンベルク・ペーパー!?

第六巻

グーテンベルク・ペーパーが読仙社の手に。劣勢の読子らは中国へと乗り込む！

第七巻

ファン必読。読子のプライベートな姿を記した『紙福の日々』ほか外伝短編集！

第八巻

読仙社に囚われた読子の前に頭首「おばあちゃん」と親衛隊・五鎮姉妹が登場！

第九巻

読仙社に向け、ジェントルメンの反撃開始。一方読子は両者の和解を目指すが…。

第十巻

今回読子に届いた任務は超文系女子高への潜入。読子が女子高生に!?興奮の外伝！

第十一巻

“約束の地”でついにジェントルメンとチャイナが再会。そこに現れたのは……!?

第十二巻

ジェントルメンとチャイナの死闘が続く約束の地に、読子が到着。東西紙対決は最高潮に！

R.O.D シリーズ
READ OR DIE
YOMIKO READMAN "THE PAPER"
倉田英之
スタジオオルフェ
イラスト／羽音たらく
大英図書館特殊工作部のエージェント
読子・リードマンの紙活劇《ペーパー・アクション》！
シリーズ完結に向けて再起動!!
スーパーダッシュ